글 고희정

이화여자대학교에서 과학 교육을 전공하고 석사 학위를 받았습니다.
중고등학교와 대학교에서 과학을 가르쳤고, 방송 작가로 일하며 《딩동댕 유치원》,
《방귀대장 뿡뿡이》, 《생방송 톡톡 보니하니》, 《뽀뽀뽀》, 《꼬마요리사》, EBS 다큐프라임
《자본주의》, 《부모》, 《인문학 특강》 등의 프로그램을 만들었습니다. 지은 책으로
《어린이 과학 형사대 CSI》, 《어린이 사회 형사대 CSI》, 《의사 어벤저스》,
《신통하고 묘한 고양이 탐정》, 《육아 불변의 법칙》, 《훈육 불변의 법칙》 등이 있습니다.

그림 최미란

서울시립대학교에서 산업디자인을, 같은 학교 대학원에서 일러스트레이션을
공부했습니다. 특유의 집중력으로 여러 어린이책에 개성 강한 그림을 그렸습니다.
그린 책으로 《글자동물원》, 《탁구장의 사회생활》, 《귀신 학교》, 《슈퍼맨과 중력》,
《독수리의 오시오 고민 상담소》, 《초능력》, 《삼백이의 칠일장》, 《이야기 귀신이 와르릉
와르릉》, 《슈퍼 히어로의 똥 닦는 법》, 《겁보 만보》, 《무적 말숙》, 《백점 백곰》 등이,
쓰고 그린 책으로 《집, 잘 가꾸는 법》, 《우리는 집지킴이야!》가 있습니다.

감수 신주영

서울대학교 법대를 졸업하고 사법 시험에 합격해 현재 법무 법인 대화 소속
변호사입니다. 어렸을 때 책을 읽으며 느끼는 행복감이 커서 작가가 되고 싶다는 꿈이
있었는데 변호사 10년 차에 법정 경험담을 소재로 《법정의 고수》를 출간하면서
작가로도 활동하고 있습니다. 《세빈아, 오늘은 어떤 법을 만났니?》, 《헌법 수업》,
《옛이야기로 만나는 법 이야기》, 《질문하는 법 사전》, 《우리가 꼭 알아야 할 법 이야기》,
《대혼돈의 사이버 세상 속 나를 지키는 법》 등 법률가로서의 경험을 살려 법을 매개로
사람과 사회를 들여다보는 책들을 썼습니다.

어린이 법학 동화

변호사
어벤저스

변호사 어벤저스

5 도로 교통법, 누가 가해자인가!

초판 1쇄 발행 2025년 2월 24일

지은이 고희정
그린이 최미란
감　수 신주영

펴낸이 김남전
편집장 유다형 | 기획·책임편집 임형진 | 편집 이경은 김아영 | 디자인 권석연
마케팅 정상원 한웅 정용민 김건우 | 경영관리 김경미

펴낸곳 ㈜가나문화콘텐츠 | 출판 등록 2002년 2월 15일 제10-2308호
주소 경기도 고양시 덕양구 호원길 3-2
전화 02-717-5494(편집부) 02-332-7755(관리부) | 팩스 02-324-9944
홈페이지 ganapub.com | 포스트 post.naver.com/ganapub1
페이스북 facebook.com/ganapub1 | 인스타그램 instagram.com/ganapub1

ISBN 979-11-6809-126-9 (74810)
　　　979-11-6809-121-4 (세트)

• 제조자명: ㈜가나문화콘텐츠
• 주소 및 전화번호: 경기도 고양시 덕양구 호원길 3-2 / 02-717-5494
• 제조연월: 2025년 2월 24일
• 제조국명: 대한민국
• 사용연령: 4세 이상 어린이 제품

가나출판사는 당신의 소중한 투고 원고를 기다립니다. 책 출간에 대한 기획이나 원고가 있으신 분은
이메일 ganapub@naver.com으로 보내 주세요.

변호사 어벤저스

5 도로 교통법, 누가 가해자인가!

글 고희정 ✦ 그림 최미란 ✦ 감수 신주영

등장인물

하소연
사무장
검찰 수사관 출신이다.
따뜻한 성품으로 아이들을
보살피고 도와준다.

한대호
법무 법인 '지음'의 대표 변호사
목소리도 큰 데다 무슨 일이든 꺾이지 않고
밀어붙여 '한대포'라고 불린다. 아이들에게
늘 든든한 버팀목이 되어 준다.

양미수
수습 변호사
엉뚱한 성격에, 공부에는 관심이
없는데, 용하게도 변호사 시험에 합격해
'미수레리'라는 별명이 붙었다.
태권도 유단자라 날렵하게 방어하고
공격하는 실력을 보여 준다.

고민중
시니어 변호사
한때는 맡는 사건마다 승소하는
능력 있는 변호사였다. 아이들
팀을 맡게 되어 삐딱하게 군다.

누가 가해자인가!

누가 가해자인가!

　서울 남부 지방 법원 형사 법정에서는 42세, 피고인 배수근의 선고 공판이 열리고 있다. 방청석에 앉은 고소인 이형근이 이범 변호사에게 목소리를 낮춰 물었다.

　"실형이 나오는 건 아니겠죠?"

　"그럼요, 징역 1년에 집행 유예 2년 정도 나올 겁니다."

　곧이어 판사가 근엄한 목소리로 선고했다.

　"선고합니다. 피고인 배수근을 징역 1년에 처한다."

　"헉!"

　피고인 배수근이 낙담해 신음하더니, 괴로운 표정으로 방청석에 앉은 이범 변호사를 쳐다봤다. 하지만 이범은 느긋한 표정이었다.

　곧이어 판사가 말을 이었다.

　"다만, 피고인이 고소인과 합의하여 합의서를 제출한 점, 피고인이 깊이 반성하고 있는 점 등을 고려해 이 판결 확정일로부터 2년간 위 형의 집행을 유예한다."

징역 1년에 집행 유예 2년, 이범의 예상이 딱 맞은 것이다. 배수근이 안도의 한숨을 쉬었다.

"휴!"

이 사건은 피고인 배수근이 고소인 이형근의 초등학교 4학년 아들 이준희와 교통사고가 발생하면서 시작되었다. 준희는 학원을 가기 위해 자전거를 타고 아파트 뒷길에 있는 횡단보도를 건너던 중, 배수근이 운전하던 택배 차량과 부딪쳤고, 그 일로 크게 다쳤다.

이형근은 변호사 사무실을 찾아와 배수근을 고소하고 싶다며 사건을 의뢰했다. 준희가 크게 다쳤다는 말에 양미수가 걱정스러운 표정으로 물었다.

"준희는 어느 정도 다친 거죠?"

이형근이 대답했다.

"사고 직후, 의식을 잃은 상태여서 걱정을 많이 했어요. 병원에 가서도 2시간 정도는 의식이 돌아오지 않았거든요. 다행히 검사 결과가 뇌 골절이나 뇌출혈은 아니고, 뇌진탕이라고 하더라고요. 그리고 오른쪽 팔다리가 부러져서 응급 수술을 받아서 전치 10주가 나왔습니다."

뇌진탕이란, 머리에 큰 충격이 가해지거나 머리가 크게 흔들리면서 두개골 안에 있는 뇌가 흔들리거나 두개골에 부딪쳐 손상이 생긴 질환이다. 뇌 구조적으로는 크게 문제가 없지만, 뇌의 기능이 일시적으로 줄어들거나 없어질 수 있다. 또 전치 10주라는 것은 병을 완전히 고치는 데 10주 정도의 시간이 필요하다는 뜻이다.

"아유, 많이 다쳤네요."

권리아도 놀라며 말하자, 이형근이 억울한 듯 말했다.

"그러니까요. 애가 그렇게 많이 다쳤는데, 자신은 잘못이 없다, 준희가 뛰어들어서 사고가 난 거다, 이렇게 주장하니 억울할 수밖에요."

이범이 물었다.

"준희가 뛰어들었다는 증거가 있나요?"

"아니요, 증거는 하나도 없어요. 그 사람 말뿐이죠."

이형근이 흥분한 목소리로 대답하자, 고 변호사가 말했다.

"자, 그럼 사건의 순서대로 차근차근 여쭤볼게요. 먼저 준희가 자전거를 탄 상태에서 횡단보도를 건너다 사고가 난 거라는 말씀이죠?"

"네."

이형근의 대답에 고 변호사가 설명했다.

"「도로 교통법」상 자전거는 사람으로 보지 않고 차로 보거든요. 그래서 자전거 전용 도로로 다녀야 하고, 자전거 전용 도로가 없으면 차로의 가장자리로 다녀야 합니다."

「도 로 교 통 법」은 도로에서 일어나는 교통상의 모든 위험과 장해를 방지하고 제거하여 안전하고 원활한 교 통 을 확보하기 위해 제정된 법이다. 「도로 교통법」 제2조 제17항에서는 자전거를 '차'로 정의하고 있다.

고 변호사가 설명을 이었다.

"횡단보도에서도 마찬가지인데요. 횡단보도에 자전거 전용 도로가 있으면 그곳으로 가야 하고, 없으면 자전거에서 내려서 끌고 가야 해요. 그래야 사고가 났을 때 보행자 사고로 처리될 수 있습니다. 그러니까 준희처럼 자전거를 탄 상태로 횡단보도에서 사고가 나면, 차와 차 사이에 난 사고가 되어 준희도 과실이 있다고 볼 수밖에 없어요."

이형근이 고개를 끄덕이며 말했다.

"네, 배수근 씨가 그렇게 주장하길래 저도 찾아봤더니 법이 그렇더라고요."

그러더니 이내 화난 표정으로 말했다.

"그래도 그렇지, 과실 100퍼센트는 말이 안 되는 거 아닙니까?"

도 로 교 통 법 / 교 통

도로 교통법

도로는 사람이나 차 등이 다닐 수 있도록 만들어 놓은 길이야.

그런데 도로를 다니는 사람이나 차들이 서로 먼저 가겠다고 하면 어떻게 될까?

그래서 도로에서 일어나는 여러 가지 교통상의 위험과 장해를 막고 없애서,

모두가 안전하고 원활하게 다닐 수 있도록「도로 교통법」을 만들었지.

「도로 교통법」은 차, 횡단보도, 주차 등 교통과 관련된 용어의 뜻과

제1장 제2조(정의)
"차"란 다음의 어느 하나에 해당하는 것을 말한다.
1)자동차 … 4)자전거
"횡단보도"란 보행자가 도로를 횡단할 수 있도록 안전표지로 표시한 도로의 부분을 말한다.
"주차"란 운전자가 승객을 기다리거나 화물을 싣거나
……

신호등과 교통 표지판의 설치, 자동차와 보행자의 통행 방법 등을 정해 놓았어.

도로 교통법

어린이 보호 구역
SCHOOL ZONE
30 여기부터 450m
속도를 줄이시오

정지 STOP

횡단보도

주정차 금지

또 교통사고를 내면 어떤 처벌을 받게 되는지도 정해 놓았지.

꽝!

「도로 교통법」 제151조
차 또는 노면 전차의 운전자가 중대한 과실로 다른 사람의 건조물이나 그 밖의 재물을 손괴한 경우에는 2년 이하의 금고나 500만 원 이하의 벌금에 처한다.

안전하고 원활한 교통을 확보하기 위해 만든 법률

교통

교통이란, 사람이 오고 가거나 짐 등을 실어 나르는 일을 말해.

그리고 이를 위해 이용되는 자동차, 배, 비행기 등을
'교통수단'이라고 하지.

도로나 철도 등 땅 위를 이동하는 교통을 '육상 교통',

바다를 통해 사람이나 물건을 실어 나르는 교통을 '해상 교통',

하늘을 통해 이루어지는 교통을 '항공 교통'이라고 하지.

또 버스, 기차, 지하철과 같이 여러 사람이 함께 이용하는 교통을
'대중교통'이라고 해.

사람이 오고 가거나 짐 등을 실어 나르는 일

유정의가 물었다.

"배수근 씨가 준희의 과실이 100퍼센트라고 주장하는 근거가 뭐죠?"

"준희가 횡단보도의 신호등이 빨간불일 때 건넜다는 거예요. 자신은 분명히 초록불에 가고 있는 중이었고요. 한마디로 준희가 신호 위반을 해서 사고가 났다는 거죠."

권리아가 사건을 정리하며 물었다.

"그러니까 배수근 씨는 그렇게 주장하고 있는데, 증거가 없으니, 그걸 못 믿겠다는 말씀인 거네요?"

이형근이 답답해하며 대답했다.

"그렇죠, 준희가 병원에서 2시간 정도가 지난 후에 의식이 돌아왔는데, 처음에는 사고 당시의 상황을 기억하지 못했어요. 의사 선생님 말씀으로는 뇌진탕으로 인한 일시적인 기억 상실일 수 있으니 좀 기다려 보자고 하셨어요. 그런데 다음 날 오후쯤에 제가 배수근 씨의 주장을 전했더니, 준희가 그제야 기억을 하더라고요. 그러면서 자신은 분명히 초록불이 켜지는 것을 보고 건넜다는 거예요."

유정의가 고개를 끄덕이며 말했다.

"서로 완전히 다른 주장을 하고 있는 거네요. 사고 직후의 일에 대해 좀 더 자세히 말씀해 주시겠어요."

이형근이 설명했다.

"네, 사고가 나자, 배수근 씨가 준희를 자신의 차에 태워 병원에 데려갔어요. 그리고 준희의 휴대 전화로 제게 전화를 했더라고요."

그래서 이형근이 병원에 가 보니, 준희는 팔다리가 골절되고, 아직 의식이 없어 뇌 골절이나 뇌출혈을 의심하는 상황이었다. 그러니 곧바로 뇌 MRI를 찍고, 골절된 팔다리를 응급 수술해야 해서 정신이 없었다는 것이다.

"그런데 배수근 씨가 저를 붙잡더니, 준희가 갑자기 뛰어들어 사고가 났다고 하는 거예요. 그리고 자신은 시간 안에 배달을 해야 해서 가야 한다며, 경찰에 신고하면 오라 가라 복잡해지니까 신고하지 말라고 했어요. 그러고는 내일 전화한다며 이름과 전화번호만 남기고 가 버렸어요."

이형근은 아이 걱정에 이것저것 생각할 여력이 없어서 알겠다고 하고 배수근을 그냥 보냈다는 것이다.

"그런데 다음 날 전화해서 준희의 과실이 100퍼센트다, 자신은 책임이 없다고 주장했다는 거죠?"

이범의 질문에 이형근이 대답했다.

"네."

그러자 권리아가 의아한 표정으로 물었다.

"그런데 왜 사고 현장에서 경찰에 신고도 안 하고 병원으로 데리고 간 거죠? 「도로 교통법」상 교통사고가 나면 바로 경찰에 신고해야 하거든요."

「도로 교통법」 제54조 제2항, '차 또는 노면 전차의 운전 등 교통으로 인하여 사람을 사상(죽거나 다침)하거나 물건을 손괴(물건을 망가뜨림)한 경우, 그 차 또는 노면 전차의 운전자 등은 경찰 공무원이 현장에 있을 때에는 그 경찰 공무원에게, 경찰 공무원이 현장에 없을 때에는 가장 가까운 국가 경찰관서에 지체 없이 신고해야 한다.'고 되어 있다. 만약 이를 어기고 신고하지 않으면, 사고 후 미조치한 죄로 30만 원 이하의 벌금이나 구류에 처할 수 있다.

이형근이 사연을 말했다.

"저도 왜 신고를 안 했냐고 따졌어요. 그랬더니 아이가 다쳐서 병원에 빨리 데려가느라 그랬다면서, 아이를 살려 주니까 이제 와서 난리냐고 화를 내더라고요. 그런데 생각해 보면, 경찰에 신고하면 증거가 남게 되니까 일부러 신고하지 않은 것 같아요. 저한테 신고하지 말라고 한 것도 그렇고요."

"차에 블랙박스가 있었을 텐데요. 그건 확인해 보셨어요?"

양미수의 질문에 이형근이 대답했다.

"그랬죠, 배수근 씨에게 준희는 초록불에 건넜다고 하니, 블랙박스 영상을 보자고요. 그런데 고장 나서 녹화가 안 됐다는 거예요."

여러 정황으로 봐서 이형근은 배수근이 준희에게 죄를 뒤집어씌우려고 의도적으로 증거를 남기지 않거나 없앴다는 생각이 들었단다. 그래서 다음 날 바로 경찰에 신고를 했단다.

고 변호사가 질문했다.

"그럼 경찰이 블랙박스를 확인했을 텐데요?"

이형근이 기막히다는 듯 말했다.

"맞아요, 경찰이 배수근 씨를 불러서 조사하면서 블랙박스가 고장 나서 녹화가 안 됐다고 주장하니까, 고장 난 거라도 가져오라고 했대요. 디지털 포렌식으로 확인해 보겠다고요. 그러자 배수근 씨가 고장 나서 버렸다, 그래서 못 가져온다고 했답니다. 그러니까 경찰도 수상하다고 생각하는 거죠."

디지털 포렌식은 PC나 휴대 전화, 블랙박스 등 각종 저장 매체 또는 인터넷상에 남아 있는 디지털 정보를 분석해 범죄 단서를 찾는 수사 기법이다. 디지털 포렌식을 진행하면, 블랙박스가 고장 나서 녹화가 되지 않았는지, 아니면 배수근이 증거를 없애기 위해 녹화된 파일을 지웠는지 확인할 수 있고, 지워진 파일을 다시 복구할 수도 있다.

이범이 안타까운 표정으로 말했다.

디지털 포렌식

디지털 포렌식

컴퓨터와 통신의 발달로 디지털 기기는 우리가 살아가는 데 꼭 필요한 물건이 되었어.

그런데 우리가 디지털 기기를 사용한 내역이나, 주고받은 메시지, 사용한 장소 등은 대부분 디지털 데이터로 남아.

그리고 이러한 데이터들은 범죄의 단서나 증거를 찾아내는 데 유용하게 쓰일 수 있지.

범인의 휴대 전화야!

이렇게 디지털 데이터들을 분석해 증거로 이용하는 과학 수사 기법을 '디지털 포렌식'이라고 해.

디지털 포렌식
(Digital Forensic)
법의학적인, 범죄 과학 수사의

찰칵!

디지털 데이터를 이용해 범죄의 단서나 증거를 찾아내는 수사 기법

"경찰이 현장 조사도 했을 텐데, 찾아낸 증거가 없나 보군요."

"네, 사람이 많이 다니는 길이 아니라 CCTV도 없고, 목격자도 못 찾았다고 하더라고요."

결론은 배수근이 거짓말을 하고 있다고 충분히 의심할 만한 상황이지만, 그걸 증명할 증거가 없다는 것이다. 그런데 아이들이 사건을 맡는다고 없던 증거가 나올까? 고 변호사와 아이들은 사건을 맡아야 할지 말아야 할지 고민에 빠졌다.

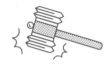

그런데 유정의가 조심스럽게 말을 꺼냈다.

"혹시나 해서 드리는 말씀인데요. 준희가 사고 후 뇌진탕으로 단기 기억 상실을 겪었기 때문에 잘못 기억하고 있을 수도 있지 않을까…… 아니, 저는 준희의 말을 믿는데요. 끝까지 증거를 못 찾으면, 배수근 씨가 그걸 문제 삼을까 걱정돼서요."

뇌진탕에 걸리면, 가벼운 경우는 대부분 시간이 지나면 회복되지만, 중증 뇌진탕은 후유증이 오래 남기도 하기 때문이다.

이범이 동의했다.

"저도 그럴 수 있다고 생각됩니다. 준희의 말이 맞다고 해도 상대편 측에서는 그걸 문제 삼으려고 할 거예요."

그러자 이형근의 표정이 어두워졌다. 고 변호사가 진지하게 물었다.

"그렇다면 무엇보다 사고 당시의 상황을 증명해 줄 명확한 증거가 필요하다는 얘긴데요. 경찰도 못 찾은 증거를 저희가 찾기는 힘들 수도 있습니다. 그래도 고소를 진행하실 생각인 가요?"

이형근이 잠시 생각하더니 대답했다.

"증거를 못 찾을 수도 있고, 또 증거를 찾았는데 우리 아이가 잘못 기억한 것일 수도 있겠죠. 하지만 아이가 저렇게 많이 다쳤는데, 또 의심 가는 점도 많은데, 상대방 말만 믿고 아무것도 안 할 수는 없지 않겠습니까? 저는 끝까지 사건의 진실을 밝혀 보고 싶습니다."

그러자 고 변호사가 고개를 끄덕이며 말했다.

"알겠습니다. 그럼 사건을 맡아 해결해 보도록 하겠습니다."

이형근이 기뻐하며 인사했다.

"감사합니다. 잘 부탁드립니다."

그렇게 아이들은 준희의 교통사고 사건을 맡게 되었다. 그나저나 도대체 누가 가해자일까. 배수근의 말대로 준희가 가해자일까, 아니면 배수근이 거짓말을 한 진짜 가해자일까.

이형근이 돌아가자, 권리아가 고 변호사에게 질문했다.

"제가 교통사고 사건은 처음이라 잘 몰라서 여쭤보는 건데요. 횡단보도에서 자전거를 타고 가다 사고가 나면, 자전거를 차로 보기 때문에 차 대 차 사고가 되잖아요. 그럼 자전거는 어느 정도의 과 실 이 있다고 보나요?"

고 변호사가 대답했다.

"최소 10~20퍼센트는 과실이 있다고 봅니다. 그런데 준희가 빨간불에 건넜다면, 신호 위반을 한 것이니, 과실 100퍼센트가 나올 수도 있어요."

"아, 그래서 배수근 씨가 준희의 과실이 100퍼센트라고 주장하고 있는 거군요."

양미수도 이제야 이해하겠다는 듯 말했다. 그러자 권리아가 다시 물었다.

"만약 배수근 씨가 거짓말을 했다, 그러니까 초록불이 아닌 빨간불에 달리다 사고가 난 것이라면, 배수근 씨의 과실이 100퍼센트가 되나요?"

고 변호사가 자세히 설명해 주었다.

"그건 준희가 자전거를 타고 얼마만큼의 속도로 달렸는지

과 실

에 따라 달라질 수 있어요. 자전거를 탔지만, 사람의 걸음걸이 정도의 낮은 속도였다면 과실이 없다고 볼 수도 있는데, 그보다 빠른 속도로 횡단보도를 건너고 있었다면, 10퍼센트 정도는 과실이 있다고 나올 수 있습니다.”

권리아가 고개를 끄덕이며 말했다.

“네, 과실을 따지는 게 참 복잡하네요.”

아이들은 고 변호사가 시니어 변호사라 다르다는 생각이 들었다. 사실 아이들도 로스쿨에 다니며 「헌법」부터 「형법」, 「민법」, 「상법」 등 각각의 법률에 대해 다 배웠고, 또 변호사 시험을 통과하기 위해 법 조항뿐 아니라, 수많은 판례를 공부했다. 하지만 실제 사건을 맡아 그에 따른 법률적인 부분을 이해하고 적용하는 것은 쉽지 않은 일이다. 워낙 다양한 사건들이 벌어지고, 사건마다 각자의 상황이 다르니, 그에 따라 적용되는 법률이나 처벌의 범위도 다 달라지기 때문이다.

그래서 변호사는 학교에서 공부하는 것만큼, 사건을 맡고 그 사건을 해결하면서 배우는 것이 중요하다. 그 경험들 하나하나가 변호사로서 사건을 해결하는 능력을 키워 주기 때문이다. 그러니 많은 사건을 해결하며 누구보다 빠르게 시니어 변호사의 자리에 오른 고 변호사의 능력이 출중할 수밖에 없는 것이다.

과실

과실은 부주의나 게으름 따위에서 비롯된 잘못이나 허물을 말해.

과실(過失)
지날 과 잃을 실

법률적으로는 어떠한 사실(결과)의 발생을 예견할 수 있었음에도 불구하고,
부주의로 그것을 인식하지 못한 상태를 말하지.

헉!

쿵

으!

과실은 부주의의 정도에 따라 나눌 수 있는데,
경과실은 다소 주의가 부족해 사고가 난 거야.

경과실

중과실은 중대한 과실, 즉 부주의의 정도가 특히 큰 경우를 말해.

신호 위반 = 중과실

교통사고가 나면 경과실이냐, 중과실이냐에 따라 벌점과 형사 처벌, 손해 배상 등의 책임이 달라져.

과실 90%

과실 10%

또 업무상 과실이란, 일정한 업무에 종사하는 자에게 보통 사람보다 무거운 주의 의무를 부과하고, 이를 위반하면 무겁게 처벌하는 것을 말해.

업무상 과실 치상

어떠한 사실의 발생을 예견할 수 있었음에도 부주의로 인식하지 못한 것이번에는 유정의가 물었다.

"그런데 신호 위반이면 12대 중과실에 해당되지 않나요?"

이범이 대답했다.

"맞아요, 신호 위반은 「교통사고 처리 특례법」상 12대 중과실에 해당되기 때문에 처벌이 훨씬 더 무거워져요."

「교통사고 처리 특례법」은 중대한 과실로 교통사고를 일으킨 운전자에 관한 형사 처벌 등의 특례를 정해 놓은 법률이다. 여기에 12가지 중대한 과실을 정해 놓았는데, 과속, 음주 운전, 보행자 보호 의무 위반, 어린이 보호 구역 안전 운전 의무 위반 등으로, 신호 위반도 그중 하나다.

교통사고는 「도로 교통법」 제151조, '차 또는 노면 전차의 운전자가 업무상 필요한 주의를 게을리하거나 중대한 과실로 다른 사람의 건조물이나 그 밖의 재물을 손괴한 경우에는 2년 이하의 금고나 500만 원 이하의 벌금에 처한다.'는 조항에 따라 처벌된다.

그러나 피해자가 사망하는 등의 중대한 사건이 아니고, 가해자가 종합 보험에 가입되어 있고 피해자와 합의한 경우, 즉 피해자가 가해자의 처벌을 원하지 않는다는 의사를 표시하면, 형사 처벌까지는 받지 않을 수 있다.

하지만 신호 위반과 같이 12대 중과실에 해당되면, 「교통사

고 처리 특례법」의 적용을 받기 때문에, 그보다 형량이 높은 5년 이하의 금고 또는 2천만 원 이하의 벌금에 처하게 된다. 또 합의를 해도 형사 처벌을 받는다.

양미수가 자신의 의견을 말했다.

"여하튼 증거를 찾느냐, 못 찾느냐가 문제네요. 증거가 없으면 형사 고소를 해도 이기기 어려우니까요."

고 변호사가 고개를 끄덕이며 말했다.

"그렇습니다. 그러니까 우선 증거를 찾는 데 주력해 봅시다. 병원에 가서 먼저 준희를 만나 보시고요. 주치의도 만나서 뇌진탕 증상으로 기억의 오류가 생길 수 있는지도 물어보세요. 또 사건 현장에 가서 다른 증거가 있는지도 찾아보시고요."

"네, 알겠습니다!"

아이들이 모두 함께 대답하자, 고 변호사가 자리에서 일어나며 말했다.

"그럼 회의를 마치겠습니다."

고 변호사가 나가자, 이범이 말했다.

"준희 병원이랑 사고 현장에 가 봐야 하니까, 나랑 정의는 병원에……."

그런데 그때, 권리아가 나섰다.

"제가 정의랑 사고 현장에 가 보면 안 될까요?"

어린이 보호 구역 (스쿨 존)

어린이들은 몸집이 작고, 길을 가면서도 장난을 치며 주위를 잘 살피지 않는 경향이 있기 때문에 교통사고가 날 확률이 커.

그래서 교통사고의 위험으로부터 어린이를 보호하기 위해 유치원, 초등학교 등의 주변 도로에 '어린이 보호 구역'을 지정했지.

스쿨 존(school zone) 이라고도 하지.

어린이 보호 구역
SCHOOL ZONE
30 어린이보호 여기부터 450m
속도를 줄이시오

주 출입문을 중심으로 반경 300m 이내의 구역으로 지정하고, 안전표지와 도로 반사경, 과속 방지턱 등이 설치되어 있어.

어린이 보호 구역에서 운전자는 차를 시속 30km 이내의 속도로
운행해야 하고, 주차나 정차를 할 수 없어.

또 사고를 내면 중과실이 인정돼 「교통사고 처리 특례법」에 의해 처벌되지.

교통 사고
처리 특례법

5년 이하의 금고
또는 2000만 원
이하의 벌금형

이때 피해자가 13세 미만의 어린이라면, 가중 처벌될 수 있어.

13세
미만의
어린이

사망에 이르게 했을 때
무기 또는 3년 이상의 징역형

상해에 이르게 했을 때
1년 이상 15년 이하의
징역 또는 500만 원 이상
3000만 원 이하의 벌금형

교통사고로부터 어린이를 보호하기 위해 지정한 구역

갑작스러운 제안에 유정의가 의아한 표정으로 물었다.

"나랑?"

"응, 그러니까 선배는 병원에 미수랑 가시면 안 돼요?"

권리아가 대답하며 다시 이범에게 묻자, 이범이 어깨를 으쓱하며 말했다.

"안 될 건 없지. 그래, 그럼 주변 상가에 개인적으로 설치한 CCTV가 있는지도 보고, 목격자도 찾아봐."

그러자 권리아가 벌떡 일어나며 유정의의 팔을 잡아끌었다.

"네! 가자, 정의야!"

"어? 그, 그래."

유정의가 엉겁결에 일어나며 말했다. 양미수가 재빨리 권리아에게 눈짓을 보내 물었다.

'왜?'

그런데 권리아는 눈을 찡긋하더니, 유정의를 데리고 나가 버렸다. 양미수는 권리아가 왜 그런 제안을 했는지 알아차렸다. 양미수가 이범을 좋아하니, 둘이 함께 갈 수 있게 해 준 것이다. 양미수는 이범과 둘이 갈 생각을 하니, 갑자기 가슴이 두근거렸다.

이범이 나갈 준비를 하며 말했다.

"우리도 갈까?"

"네."

양미수는 대답하고 이범을 따라나섰다. 어느새 양미수의 얼굴이 빨개져 있었다.

한편, 권리아를 따라 나간 유정의가 의아한 표정으로 물었다.

"왜? 무슨 일이야?"

무언가 자신이 모르는 이유가 있나 해서 물어본 것이다. 그러나 권리아는 대답 대신 물었다.

"왜? 나랑 가기 싫어?"

"아니, 그건 아니지만……."

유정의가 말끝을 흐리며 씩 웃었다. 사실은 권리아와 가는 것이 좋은 것이다.

목격자가 나타났다

그런데 이범과 양미수가 막 병원에 도착했을 때였다. 요란한 사이렌과 함께 구급차가 병원 입구로 들어왔다. 사람들의 이목이 쏠렸다. 구급차가 응급실 앞에 서더니, 1 1 9 구 급 대 원 들이 환자를 차에서 내렸다. 마침 그 앞을 지나가던 이범과 양미수는 그 모습을 가까이에서 볼 수 있었는데, 얼굴과 몸이 온통 피범벅이었다. 양미수는 깜짝 놀라고, 이범도 적잖이 놀라는 눈치였다. 옆에 있던 다른 사람들도 걱정스럽게 말했다.

"아유, 크게 다쳤네."

"어쩌다 그랬나? 쯧쯧."

구급 대원들이 황급히 환자의 침대를 끌고 응급실에 들어가자, 사람들은 제 갈 길을 가는데…….

"선배, 들어가요."

1 1 9 구 급 대 원

양미수가 말하면서 이범을 보았는데, 이범이 좀 이상했다.

"헉, 헉!"

얼굴이 하얗게 질려 가슴을 부여잡고 숨을 잘 못 쉬는 것이 아닌가.

"선배, 왜 그래요? 어디 아파요?"

"아니, 괘, 괜찮아……."

괜찮다고는 하는데, 이범의 표정이 아주 괴로워 보였다. 양미수가 놀라 얼른 이범을 부축하며 말했다.

"괜찮지 않은데요. 빨리 응급실에 가요."

그러나 이범은 자리에 주저앉으며 힘없이 손사래를 쳤다.

"아니, 공황이 온 거야. 조금 있으면 괜찮아."

공황이란 말에 양미수는 깜짝 놀랐다. 공황이란, 갑자기 닥친 사태에 놀랍고 두려워 어찌할 바를 모르는 상태를 말한다. 또 의학적으로는 곧 죽을 것 같은 강렬한 공포에 휩싸이는 불안 반응으로 인해 발작 증상이 나타나는 것을 말한다.

양미수는 공황에 대해 잘은 모르지만, 이범의 상태만 봐도 심각한 상황임을 알아차렸다. 숨을 헉헉거리며 땀을 줄줄 흘리고 있었기 때문이다. 양미수는 이범의 팔을 잡아 일으키며 단호하게 말했다.

"그럼 더 가야죠."

119 구급대

응급 환자가 발생하면 119에 전화를 걸면 돼.
그럼 119 구급대가 달려오지.

119죠?
여기 응급 환자가
있는데요.

119 구급대는 환자를 응급 처치하고, 의료 기관에 이송하는 일을 해.

「119구조·구급에 관한 법률」
제2조(정의) "119 구급대"란
구급 활동에 필요한 장비를
갖추고 소방 공무원으로
편성된 단위 조직을 말한다.

대통령령에 따라 소방청장 등이 편성하고 운영하는 조직으로,

삐뽀삐뽀~.

「119구조·구급에 관한 법률」
제10조 (119 구급대의 편성과 운영)
① 소방청장 등은 위급 상황에서……
대통령령으로 정하는 바에 따라
119구급대를 편성하여 운영해야 한다.

시도 소방서나 119 안전 센터에 있는 일반 구급대와

교통사고가 많이 나는 고속 국도에서 일하는 고속 국도 구급대로 나누어져 있어.

또 119 구급대는 시민들에게 응급 처치 교육을 해 주기도 해.

응급 환자의 응급 처치와 의료 기관 이송 등의
구급 업무를 하는 조직

이범도 안 되겠는지, 양미수의 도움을 받아 응급실로 들어갔다. 양미수가 이범을 의자에 앉히고, 접수대에 가서 진료 접수를 하며 이범의 상태를 알렸다.

"공황이 온 거라고 하는데, 갑자기 얼굴이 창백해지고 숨을 잘 못 쉬어요."

접수받는 직원이 물었다.

"이전에도 공황이 온 적이 있나요?"

양미수가 고개를 돌려 이범에게 물었다.

"선배, 이전에도 공황이 온 적 있었어요?"

이범이 힘없이 고개를 끄덕였다. 양미수가 전했다.

"네, 있었대요."

"알겠습니다. 잠시만 기다리세요."

그러더니 잠시 후, 간호사가 나와 이범에게로 왔다.

"환자분, 정신 있으세요?"

이범이 숨을 헐떡이며 대답했다.

"네. 헉, 헉……."

간호사가 이범의 팔을 부축해 침대로 안내했다.

"이쪽으로 오세요."

양미수가 따라갔다. 이범이 침대에 눕자, 간호사는 이범의 체온과 혈압, 맥박 수를 쟀다. 그때, 의사가 와서 물었다.

"어디가 어떻게 아프세요?"

이범이 가슴을 부여잡고 괴로운 듯 말했다.

"가슴이 답답하고, 숨이 잘 안 쉬어져요. 어지럽고 토할 것 같기도 하고요."

의사가 간호사에게 물었다.

"혈압이랑 맥박은 어때요?"

간호사가 대답했다.

"혈압은 150에 90이고요, 맥박은 117이에요."

이범 연령대의 정상 혈압은 120~80밀리미터에이치지 (mmHg)이고, 맥박은 분당 60~100회이다. 그러니 이범의 현재 혈압과 맥박은 상당히 높은 상태다.

의사가 진료 기록서에 수치를 적더니, 이범에게 물었다.

"이전에도 공황이 있었다고 했는데, 공황 장애 진단을 받은 건가요?"

이범이 고개를 끄덕이며 대답했다.

"네, 5년 전에 진단을 받았고, 지난해까지 계속 치료를 받았습니다."

"그럼 최근에는 치료를 안 받았다는 거네요."

이범이 괴로운 표정으로 대답했다.

"네, 괜찮은 거 같아서……."

양미수는 이범의 말을 듣고 깜짝 놀랐다. 이범이 공황 장애를 앓으며 오랜 기간 치료를 받았다고 하니 말이다. 이제껏 한 번도 그런 티를 낸 적이 없었기 때문이다.

게다가 이범은 말수가 적고 나서는 편은 아니지만, 똑똑하고 성실한 것으로 유명한 선배다. 그래서 별명도 '범생이'가 아니던가. 그런데 그런 선배가 왜, 어떤 이유로 공황 장애에 걸린 것일까?

의사가 간호사에게 말했다.

"호흡이 힘드니까 산소 호흡기를 씌워 주세요."

"네."

간호사가 이범의 얼굴에 산소 호흡기를 씌워 주었다. 산소 호흡기는 콧줄이나 마스크로 산소를 공급해 주는 기기다. 의사가 이범에게 말했다.

"마음을 편안히 갖고 숨을 크게 들이마셔요."

"흠~."

이범이 의사가 시키는 대로 하자, 의사가 말을 이었다.

"수액이랑 공황 장애 약 처방해 드릴 테니까 좀 쉬면 괜찮을 거예요."

이범이 고개를 끄덕였다. 잠시 후, 간호사가 이범의 팔에 주삿바늘을 꽂고 수액 병을 연결했다. 그사이, 이범의 상태는 많이 나아졌다. 숨 쉬는 것도 좀 편안해지고, 창백했던 얼굴색도 서서히 돌아오고 있었다. 간호사가 이범에게 물었다.

"약, 드실 수 있겠어요?"

"네."

이범이 일어나려 하자, 양미수가 얼른 이범의 어깨를 부축했다. 간호사가 물과 약을 주자, 이범은 약을 먹었다. 그리고 다시 누워 잠시 더 숨을 고르더니, 양미수에게 말했다.

"놀라게 해서 미안해."

양미수가 손사래를 치며 말했다.

"아니에요."

그러자 이범이 걱정했다.

"준희한테 가 봐야 하는데……."

"걱정 마세요. 선배 괜찮아지면 제가 갔다 올게요."

양미수의 말에 이범이 잠시 생각하더니 말했다.

"그럼, 난 괜찮으니까 지금 다녀와. 면회 시간 지나면 못 만날 수 있잖아."

양미수는 이범이 걱정되었지만, 이범의 말을 따르기로 했다. 응급실에 있으니, 의사와 간호사들이 어련히 알아서 돌봐주지 않겠는가.

"그럼 걱정하지 말고 잘 쉬고 계세요."

양미수는 이범을 안심시키고, 응급실을 나왔다. 그런데 아까 이범이 괴로워하던 모습이 생각나며 저도 모르게 눈물이 나왔다.

'선배가 공황 장애라니…….'

하지만 양미수는 얼른 눈물을 닦았다. 맡은 일이 있으니 우선 그것부터 제대로 해야 한다는 생각이 들었다. 양미수는 마음을 다잡고 준희의 병실로 올라갔다.

준희는 팔과 다리에 깁스를 하고 있었지만, 건강 상태는 좋아 보였다. 양미수가 자신을 소개하고 물었다.

"그때 일을 자세히 얘기해 줄 수 있어요?"

준희가 차분하게 설명했다.

"학원에 가려고 자전거를 타고 나갔고, 횡단보도를 건너려고 속도를 좀 줄였어요. 그런데 신호등에 초록불이 켜지더라고요. 그래서 다시 속도를 높여 달렸는데, 갑자기 픽 하고 부딪쳤어요."

양미수가 다시 물었다.

"차가 오는 것은 보지 못했나요?"

"네, 횡단보도 신호등을 보느라 못 봤어요."

"그다음은요? 기억나는 거 없어요?"

"네, 바로 정신을 잃은 것 같아요."

준희의 대답에 양미수가 조심스럽게 조언했다.

"자 전 거를 타고 횡단보도를 건너면 위험하다는 건 알죠? 사고 나면 이렇게 크게 다치잖아요."

준희가 고개를 숙이며 말했다.

"네, 저도 반성하고 있어요. 학원에 늦을까 봐 급한 마음에 그랬는데, 앞으로는 꼭 내려서 끌고 갈게요."

양미수가 격려했다.

"그래요, 사건은 우리가 잘 해결할 테니까 걱정 말고 얼른 낫길 바라요."

준희는 골절된 팔다리의 수술이 잘됐고, 뇌진탕도 더 이상 걱정할 정도가 아니라서 다음 주면 퇴원을 한다고 했다.

"네, 감사합니다."

준희가 감사의 인사를 했다.

'보기에는 정확하게 기억하고 있는 것 같은데.'

양미수는 병실을 나오며 준희가 그 당시의 상황을 정확하게 기억하고 있다는 생각이 들었다. 그러나 전문가의 소견은 다를 수 있지 않겠는가. 그래서 고 변호사가 주치의를 만나 보라고 한 것이다. 양미수는 준희의 주치의를 만나 사건에 대해 설명하고 물었다.

"뇌진탕으로 인해 기억의 오류가 생길 수도 있나요?"

자 전 거

자전거 탈 때 주의할 점

자전거는 어린이들이 편리하고
즐겁게 이용할 수 있는 교통수단이야.
그러나 주의해서 타지 않으면
사고가 날 수 있어.

주의할 점을
알아볼까?

먼저 헬멧과 보호대를 꼭 착용하고,
눈에 잘 띄는 밝은색 옷을
입는 게 좋아.

헬멧

밝은색 옷

보호대

「도로 교통법」상 자전거는 '차'로
분류되기 때문에 자전거 전용 도로로
다녀야 해.

자전거
전용도로

전용 도로가 없는 곳에서는
차도로 통행해야 하지만, 어린이는
보도로 갈 수 있어.

횡단보도를 건널 때는 자전거에서 내려 끌고 가야 해. 만약 자전거 도로가 있다면 자전거를 타고 갈 수 있지.

앞에 가는 사람이나 자동차와의 안전거리를 충분히 두고 타야 해. 또 내리막길에서는 절대 속력을 내면 안 되지.

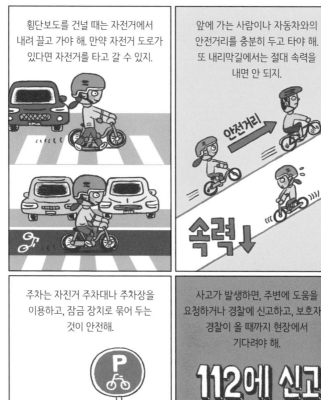

주차는 자진거 주차대나 주차장을 이용하고, 잠금 장치로 묶어 두는 것이 안전해.

사고가 발생하면, 주변에 도움을 요청하거나 경찰에 신고하고, 보호자나 경찰이 올 때까지 현장에서 기다려야 해.

헬멧과 보호대를 착용하고, 자전거 전용 도로를 이용한다.

주치의가 설명했다.

"준희가 사고 후에 의식이 없던 시간이 2시간 이상이라서 저희도 걱정을 많이 했는데, 지금 상태는 신경학적인 기능이나, 인지적인 기능 모두 정상입니다. 그 사건 외의 일상적인 일에 대한 기억도 모두 정상이고요."

"다행이네요."

양미수가 반기며 말하자, 주치의가 표정이 진지해지며 말을 이었다.

"하지만 그 사건은 처음에 기억을 완전히 잊었다가 다시 기억을 해낸 경우라, 100퍼센트 정확한 기억이라고 단정 지을 수는 없을 것 같습니다. 사건을 기억해 내는 과정에서 주변 사람이 '너 빨간불에 건넌 거 맞아? 초록불에 건넌 거 아냐?'라는 식으로 답을 유도했다면, 진짜 그랬던 것같이 생각했을 가능성도 있으니까요."

그렇다면 유정의의 말대로 상대방이 이를 문제 삼을 소지가 충분히 있다는 뜻이다.

"잘 알겠습니다. 자세히 설명해 주셔서 감사합니다."

양미수는 인사하고 나오며 생각했다.

'결론은 하나네. 현장 증거!'

그렇다면 아이들은 준희의 주장을 뒷받침할 증거를 찾을

수 있을까?

그 시각, 권리아와 유정의는 준희가 교통사고를 당한 사건 현장을 찾았다. 이형근의 말대로 아파트 뒷길로, 작은 가게들 몇 개만 있을 뿐, 사람도 많이 다니지 않고 교통도 복잡한 거리는 아니었다. 아이들은 길가뿐 아니라, 가게에서 개인적으로 달아 놓은 CCTV가 있는지 샅샅이 살폈다. 그러나 역시 없었다. 하기야 경찰이 와서 다 살펴보고 없다고 했으니, 그렇지 않겠는가.

"어떻게 이렇게 CCTV가 하나도 없을 수 있냐."

유정의가 실망한 표정으로 말하자, 권리아가 동의했다.

"그러게 말이야. 요즘에는 어딜 가도 CCTV 천지인데."

유정의가 아파트에서 횡단보도로 오는 길을 보며 말했다.

"횡단보도 쪽으로 도로가 기울어져 있어서 자전거를 타고 달렸다면 속도가 더 붙었을 수 있겠다."

이는 준희가 몰던 자전거의 속도가 보행자의 걷는 속도보다 높았을 가능성이 있다는 뜻이다. 그렇다면 준희의 과실 정도가 높아질 수 있다. 권리아도 도로의 모양을 살펴보며 말했다.

교통의 발달

옛날에는 사람이 직접 걸어서 이동하거나 물건을 옮겼어.

그러다 점차 가축이나 수레, 배 등을 이용하게 되었지.

이후 기차와 자동차, 비행기 등의 교통수단이 발명되고 도로 등의
교통 시설이 만들어지면서 교통이 획기적으로 발달했어.

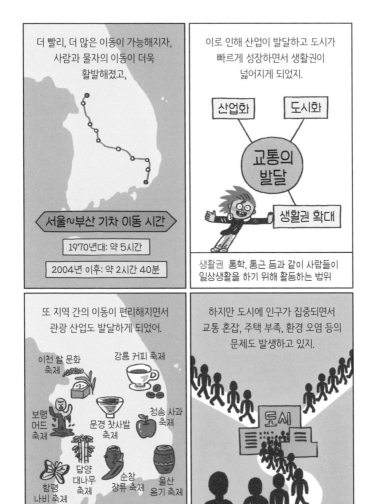

더 빨리, 더 많은 이동이 가능해지자, 사람과 물자의 이동이 더욱 활발해졌고,

서울~부산 기차 이동 시간

1970년대: 약 5시간

2004년 이후: 약 2시간 40분

이로 인해 산업이 발달하고 도시가 빠르게 성장하면서 생활권이 넓어지게 되었지.

산업화   도시화

교통의 발달

생활권 확대

생활권 통학, 통근 등과 같이 사람들이 일상생활을 하기 위해 활동하는 범위

또 지역 간의 이동이 편리해지면서 관광 산업도 발달하게 되었어.

이천 쌀 문화 축제
강릉 커피 축제
보령 머드 축제
문경 찻사발 축제
청송 사과 축제
담양 대나무 축제
순창 장류 축제
울산 옹기 축제
함평 나비 축제
제주 들불 축제

하지만 도시에 인구가 집중되면서 교통 혼잡, 주택 부족, 환경 오염 등의 문제도 발생하고 있지.

도시

이동 시간과 거리를 단축시켜 산업화, 도시화를 가속화했다.

"구부러진 도로라 달려오던 차가 신호를 못 봤거나, 뒤늦게 발견했을 가능성도 있을 것 같아."

도로가 S자 모양으로 구부러져 있는데, 이런 도로는 속도를 낮추고 횡단보도와 사람들을 잘 살피며 주의 운전을 해야 한다. 신호등이나 건너는 사람들을 미처 발견하지 못해 사고가 날 수 있기 때문이다.

유정의가 말했다.

"가게에 들어가서 목격자가 있는지 찾아보자."

길 건너 쪽에는 작은 건물이 하나 있고, 편의점과 치킨 가게 그리고 카페가 하나 있었다. 먼저 편의점에 들어가 직원에게 변호사임을 밝히고, 사건 날짜와 시간을 전하며 사고를 본 기억이 있는지 물었다.

"제가 아르바이트생이라서 그 시간에는 근무를 안 하거든요. 사장님께 한번 알아보세요."

직원은 대답하며 편의점 사장의 전화번호를 알려 주었다. 유정의가 사장에게 전화를 하자, 사장이 대답했다.

"그 시간에 가게에 있기는 했는데, 직접 보지는 못했어요. 계산대에 있으면 봤을 텐데, 창고에 갔거나 매장을 정리하고 있었던 것 같아요. 사고가 난 것도 나중에 경찰이 와서 사고 난 거 봤냐고 물어봐서 알았거든요."

“네, 알겠습니다. 감사합니다.”

유정의가 인사하고 전화를 끊었다. 그런데 그사이 치킨 가게를 둘러보던 권리아가 말했다.

“이 가게는 아직 문을 안 열었는데.”

“저녁 때만 장사하나 보다.”

치킨 가게 중에는 저녁 장사만 하는 곳이 종종 있으니 말이다. 아이들은 마지막으로 카페에 들어갔다. 카페 사장 아주머니가 반겼다.

“어서 오세요.”

유정의가 먼저 변호사 명함을 내밀며 소개했다.

“안녕하세요? 여쭤볼 게 있어서 왔는데요. 저는 법무 법인 지음의 유정의 변호사입니다.”

권리아도 명함을 내밀며 인사했다.

“권리아 변호사입니다.”

아주머니가 호기심 어린 표정을 지으며 말했다.

“어머나, 어린 분들이 벌써 변호사가 되셨네. 이쪽으로 앉으세요.”

아이들이 자리에 앉자, 아주머니가 말을 이었다.

“그런데 제게 물어볼 게 뭐예요?”

유정의가 먼저 물었다.

"혹시 지난 화요일 오후 6시 30분쯤, 요 앞 횡단보도에서 일어난 교통사고를 목격하셨나 해서요."

아주머니가 잠시 기억을 되살리더니 말했다.

"아, 그날! 봤어요, 사고 나는 거."

아이들이 눈이 휘둥그레지며 동시에 물었다.

"정말요? 보셨어요?"

아주머니가 대답하며 휴대 전화에서 차량 번호판을 찍은 사진을 보여 주며 물었다.

"네, 혹시 사고 낸 차량이 이 번호 맞나요?"

그런데 정말 배수근의 차량 번호와 일치하는 것이었다.

"네, 맞아요!"

권리아가 반기자, 아주머니가 그때의 상황을 설명했다.

"제가 일하고 있는데, 갑자기 끽 하고 차가 급정거하는 소리가 들리더라고요. 그래서 무슨 일인가 해서 봤더니, 택배 차량 앞에 자전거랑 아이가 쓰러져 있는 거예요. 놀라서 뛰어나갔는데, 택배 차량 운전자도 놀라서 차에서 내리더라고요. 아이가 정신이 없는지, '애, 괜찮니?' 하면서 아이를 흔들어 깨우는데, 제가 가서 봤더니, 팔이랑 다리에서도 피가 많이 나더라고요. 그래서 제가 '많이 다쳤어요?' 하고 물었더니, 운전자가 그런 것 같다며 아이를 번쩍 안아 차에 태웠어요."

"경찰에 신 고 도 안 하고 그냥 태우고 갔다는 말씀인 거죠?"

"네, 아이가 많이 다쳤으니까 병원부터 데려가나 보다 했죠. 그런데 차가 떠나는데 좀 찜찜한 마음이 들었어요. 다친 아이를 그냥 데려갔으니까. 그래서 혹시 몰라 차량 뒤 번호판을 사진으로 찍어 둔 거예요."

아이들은 사건을 목격하고 그냥 지나치지 않고 적극적으로 도와주려고 한 아주머니에게 감사한 마음이 들었다.

"감사합니다. 이렇게 사진까지 찍어 두시고."

권리아가 인사하자, 아주머니는 걱정스러운 표정으로 물었다.

"그런데 혹시 아이가 잘못됐나요?"

변호사까지 찾아왔으니, 무슨 일인가 걱정이 된 것이다.

"아니요, 괜찮아요. 수술은 했지만, 잘 치료를 받고 있습니다. 생명에도 지장이 없고요."

권리아가 안심시키자, 아주머니가 물었다.

"다행이네요. 그런데 무슨 문제가 생긴 건가요?"

"양측의 사고 경위에 대한 진술이 엇갈려서요. 아이는 횡단보도를 초록불에 건넜다고 하는데, 운전자는 빨간불에 건넜다고 주장하고 있습니다."

신 고

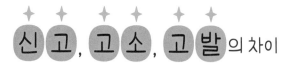

신고, 고소, 고발의 차이

신고, 고소, 고발, 다 비슷한 말 같지만 달라. 어떻게 다를까?

신고 vs 고소 vs 고발

신고는 수사 기관 등의 행정 관청에 범죄 발생 사실을 알리는 일을 말해.

경찰에 신고 좀 해 주세요.

신고(申告)
납(申) 아뢸(告)

신고는 누구든지 할 수 있지만, 처벌해 달라는 의사 표시를 하는 것은 아니야.

경찰이죠? 여기 소매치기가 있어요.

누가 하는지, 처벌을 구하는지에 따라 다르다.

유정의가 설명하고, 권리아가 이어 물었다.

"사고 당시, 신호등이 어떻게 바뀌었는지 기억나세요?"

"제가 나갔을 때는 횡단보도가 초록불이었어요. 그런데 그건 부딪친 다음이니까 그전의 신호는 못 봤죠."

그렇다면 사건의 핵심 증거는 알 수 없는 상황인 것이다. 그런데 그때, 아주머니가 생각난 듯 말했다.

"가만! 그때, 도로에 차가 한 대 더 있었어요."

사고를 목격한 차량이 있다는 말에 권리아가 화들짝 놀라며 되물었다.

"차량이 있었다고요?"

"네, 2차선에 사고 낸 택배 차량이 있었고, 1차선에 승용차가 한 대 있었어요."

유정의가 반기며 물었다.

"그 차, 번호는 기억나세요?"

"아니요. 그 차는 안 찍어 뒀죠, 관련 없는 차니까."

차 번호까지 알고 있었다면 좋았겠지만, 그래도 사고를 목격한 사람이 더 있다는 사실에 아이들은 반가웠다. 운전자였으니, 신 호 등 을 봤을 확률이 높고, 또 어쩌면 그 차의 블랙박스에 사고 기록이 남아 있을 수도 있지 않을까?

"감사합니다. 정말 많은 도움이 됐어요."

신 호 등

권리아가 인사하자, 유정의가 부탁했다.

"혹시 찍어 두신 번호판 사진을 좀 받을 수 있을까요?"

"그럼요."

아주머니는 유정의의 휴대 전화로 사진을 전송해 주었다. 권리아가 의문이 생겨 물었다.

"그런데 경찰도 목격자를 찾았다는데, 그때는 이런 말씀 안 해 주신 건가요?"

아주머니가 고개를 갸웃하며 말했다.

"경찰은 안 왔었는데요. 그 사건에 대해 물은 사람은 두 분이 처음이에요."

"안 왔었다고요?"

유정의가 의아한 표정으로 묻자, 아주머니가 알겠다는 표정으로 대답했다.

"제가 쉬는 날에 오셨었나 봐요. 장사가 잘 안 돼서 쉬는 날이 많거든요."

옆의 치킨 가게가 문을 닫아 아이들이 주인을 못 만난 것처럼 경찰도 카페가 문을 닫아 아주머니를 못 만났던 모양이다. 여하튼 상당히 중요한 증언을 얻었으니, 이제 사고를 목격한 그 운전자를 찾아야 한다.

신호등 색깔의 비밀

신호등은 도로에 설치해 색으로 교통 조건을 나타내는 장치를 말해.

신호등 색깔은 어떻게 정했을까?

빨간색은 정지하라는 신호야. 빨간색은 자연의 색과 가장 잘 구분되고, 먼 곳에서도 잘 식별할 수 있기 때문이지.

정지

그래서 옛날부터 빨간색은 위험이나 멈춤을 상징하는 색으로 인식되어 왔고, 지금도 주의나 경고 표지판에 쓰이고 있어.

정지 STOP

진입 금지

초록색은 진행하라는 신호야. 신호 색이 바뀔 때 눈에 잘 띄도록 빨간색과 대비되는 초록색을 쓴 거지.

띠띠띠

진행

빨간색은 정지, 초록색은 진행의 의미를 가진 색이다.

딱한 샤마리아인을 찾아라!

착한
사마리아인을
찾아라!

이범과 양미수가 사무실에 들어오자, 하소연 사무장이 이범을 보고 놀라며 물었다.

"어머나! 이 변호사님, 어디 아프세요?"

평소 눈썰미가 좋은 하 사무장이 이범의 핼쑥해진 얼굴을 보고 물은 것이다.

"아, 아니요."

이범이 양미수의 눈치를 보며 머쓱한 표정을 지어 보이고는 자기 방으로 들어갔다. 그러자 하 사무장이 양미수에게 목소리를 낮춰 물었다.

"무슨 일 있었어요?"

"아니, 그게……."

양미수는 말을 해야 할지 말아야 할지 고민됐다. 이범이 공황 장애를 앓고 있다는 사실을 비밀로 하고 있다는 생각이 들었기 때문이다. 그래서 양미수는 둘러댔다.

"그냥 몸이 안 좋은 것 같아요."

하지만 하 사무장은 무슨 일이 있었음을 직감했다. 하 사무장이 물었다.

"준희 병원에 갔다 오는 거죠?"

"네."

양미수의 대답에 하 사무장이 걱정스러운 표정으로 고개를 끄덕였다. 양미수는 하 사무장이 뭔가 알고 있을지도 모른다는 생각이 들었다. 그래서 이범의 작은 변화도 금방 눈치채고 걱정한 것이 아닐까? 하지만 대놓고 물어볼 수는 없었다. 양미수는 이범이 걱정됐다.

'선배는 왜 공황 장애에 걸린 걸까?'

생각해 보니, 이범은 차분하고 말수가 적을 뿐 아니라, 표정의 변화가 거의 없다. 늘 조금 경직된 표정으로, 기분이 좋으면 살짝 미소 짓고, 기분이 나쁘면 미간을 조금 찌푸리는 정도로 감정을 표현할 뿐이다. 그것이 그냥 이범의 성격인 줄 알았는데, 그렇게 자신의 감정을 밖으로 잘 표현하지 않는 것이 이범의 병과 연관 있지는 않을까 하는 생각이 들었다.

그런데 바로 그때였다.

"미수야! 찾았어, 목격자!"

권리아가 사무실로 들어오며 양미수에게 말했다. 양미수가 깜짝 놀라며 반겼다.

"정말? 어디서? 어떻게?"

뒤따라 들어온 유정의가 의기양양한 표정으로 말했다.

"회의실로 가서 얘기하자."

그러더니 하 사무장에게 물었다.

"사무장님, 고 변호사님 계시죠?"

"네, 회의실로 가시라고 할게요."

하 사무장의 말에 유정의는 인사하고 회의실로 들어갔다. 양미수는 재빨리 이범에게도 알렸다.

잠시 후 모두 모이자, 권리아와 유정의가 조사한 내용을 보고했다. 고 변호사가 다 듣고 나서 물었다.

"목격한 차량이 있다는 말이죠?"

유정의가 자신 있는 목소리로 대답했다.

"네, 그 차량을 찾으면 될 것 같아요. 그럼 목격자 진술을 받아 내고, 블랙박스도 확보할 수 있지 않을까요?"

이범이 의문을 제기했다.

"그런데 그 차량을 어떻게 찾지?"

권리아가 신이 나서 대답했다.

"저희가 생각을 해 봤는데요. 사건이 일어난 장소에 플래카드를 걸어 두는 건 어때요?"

권리아와 유정의는 사무실로 돌아오면서 어떻게 하면 목격한 차량을 찾을 수 있을까 고민했는데, 권리아가 아이디어를 낸 것이었다.

"플래카드요?"

양미수가 의아한 표정으로 묻자, 유정의가 대답했다.

"길 가다 보면, 교통사고의 목격자를 찾는 플래카드를 걸어 둔 것이 있잖아요. 그렇게 하자는 거죠."

사고 현장에 목격자를 찾는다는 문구를 넣은 플래카드를 걸어 두면, 목격자를 찾을 수 있지 않을까 하는 생각이다. 이범이 고개를 갸웃하며 말했다.

"그럼 목격한 차량이 다시 그 길을 지나가야 하고, 또 그걸 봐야 한다는 건데, 과연 그럴 수 있을까요?"

권리아가 말했다.

"가능성이 크진 않지만, 그래도 마냥 손 놓고 기다릴 수는 없잖아요. 어떻게든 찾아야 하니까요."

그러자 양미수가 동의했다.

"맞아요, 거길 자주 지나다니는 차일 수도 있잖아요. 그럼 그걸 볼 테고, 연락을 줄 수도 있지 않을까요?"

고 변호사가 고민스러운 표정으로 말했다.

"착한 사마리아인을 기다려야 하는 거네요."

착한 사마리아인은 성경에서 예수가 제자들에게 비유를 들어 한 말로, 강도를 당한 사람을 목격하고 다른 사람들은 다 그냥 두고 갔는데, 사마리아인만 그를 도와줬다는 이야기다. 그러니 목격자도 착한 사마리아인처럼 플래카드를 보고 기꺼이 자신이 본 것을 말해 주는 선의를 베풀어 주기를 기다려야 한다는 말이다. 그런데 과연 그런 기적이 일어날 수 있을까?

고 변호사가 잠시 생각하더니 결심하고 말했다.

"그래요, 뭐든 해 봅시다."

권리아가 큰 목소리로 대답했다.

"네, 바로 준비하겠습니다!"

역시 권리아는 열정이 넘친다. 고 변호사가 이범에게 물었다.

"준희를 만난 건 어떻게 됐나요?"

이범이 양미수의 눈치를 보며 얼버무렸다.

"아, 네……. 그게……."

병원에서 돌아오는 길에 양미수로부터 준희와 주치의를 만난 이야기를 듣기는 했지만, 자신이 직접 만난 것이 아니니 나서서 말할 수 없었다.

착한 사마리아인

70

그러자 양미수가 얼른 대답했다.

"준희는 당시의 상황을 정확하게 기억하고 있었어요. 분명히 초록불에 건넜다고 하더라고요. 그런데 주치의 선생님 말씀으로는 단기 기억 상실이 있었기 때문에 100퍼센트 정확한 기억이라고 말하기는 어려울 수 있다고 하시네요."

고 변호사가 고개를 끄덕이며 말했다.

"알겠습니다. 그럼 일단 플래카드를 걸고 좀 기다려 보는 걸로 하죠."

"네!"

아이들이 모두 대답하자, 고 변호사는 이범을 한번 슬쩍 봤다. 이범이 다른 때와 다르게 얼버무리며 대답을 하지 못하는 것이 이상했기 때문이다. 그러고 보니, 이범의 핼쑥해진 얼굴이 눈에 띄었다.

'어디 아픈가?'

하지만 고 변호사는 모른 척하고 회의실을 나갔다. 그런데 고 변호사가 나가자마자, 권리아가 이범에게 물었다.

"선배, 어디 아프세요? 얼굴이 창백해요. 기운도 없어 보이고요."

이범이 난처한 얼굴로 시인했다.

"어, 몸이 좀 안 좋네."

착한 사마리아인의 법

《성경》에는 예수가 제자들에게 강도를 만난
사람의 이야기를 들려주는 장면이 나와.

누가복음 10장
30절~37절

다른 사람들은 그냥 지나쳤지만, 사마리아 사람만이 그를 구해 주고
돌봐 줬다는 이야기지.

이 이야기를 유래로, 위험에 처한 사람을 돕지 않으면 처벌할 수 있는
「착한 사마리아인의 법」이 만들어졌어.

착한 사마리아인의 법
(Good Samaritan Law)

구조하지 않은 죄, 즉 '구조 불이행죄'라고도 하는데,
프랑스, 독일, 네덜란드 등에서는 시행 중에 있지.

5년 이하 징역	프랑스
1년 이하 징역	독일, 오스트리아, 헝가리
3개월 이하 징역	네덜란드, 노르웨이 등
징역·벌금형	미국 30여 개 주

우리나라에서도 구조 불이행죄를 처벌하기 위한 법 개정을
여러 번 논의했지만, 아직도 의견이 분분해.

법으로 처벌해야
합니다!

양심과 도덕의
문제입니다!

다만, 「착한 사마리아인의 법」의 취지를 수용하여, 위험에 처한 사람을 구한
구조자를 보호하기 위한 법이 시행되고 있어.

「응급 의료에 관한 법률」 제5조 제2항
(선의의 응급 의료에 대한 면책) 생명이 위급한
응급 환자에게 …… 응급 의료 또는 응급 처치를 제공하여
발생한 재산상 손해와 사상에 대하여 ……
민사 책임과 상해에 대한 형사 책임을 지지
아니 하며 사망에 대한 형사 책임은 감면한다.

위험에 처한 사람을 돕지 않으면 처벌할 수 있는 법

유정의가 걱정스러운 표정으로 권했다.

"그럼 빨리 들어가서 쉬세요. 퇴근 시간도 다 됐는데."

"아니야, 플래카드 준비해야지."

이범의 말에 권리아가 나섰다.

"저희가 하면 되죠. 그러니까 걱정하지 말고 퇴근하세요. 퇴근 시간에 퇴근하는 것도 직장인의 권리잖아요. 게다가 아프기까지 한데."

권리아의 별명은 '또또 권리'다. 말끝마다 '권리'를 주장하기 때문이다. 하지만 지금은 이범이 먼저 가는 것을 미안해할까 봐 한 말이다.

양미수도 거들었다.

"맞아요, 금방 하니까 걱정 말고 들어가세요."

이범은 마지못해 미안한 표정으로 일어났다.

"그래, 그럼 먼저 갈게. 미안."

이범이 인사하고 회의실을 나가자, 권리아가 눈을 동그랗게 뜨고 양미수에게 물었다.

"병원에서 무슨 일 있었어?"

양미수는 잠시 망설이다 간단하게만 이야기했다.

"응급실에 환자가 들어오는데, 많이 다쳤더라고. 선배가 보고 좀 놀랐나 봐. 그래서 선배는 응급실에서 쉬고 있고, 준희와 의사는 나만 만나고 왔어."

이범이 공황 장애라는 사실은 빼 놓고 말한 것이다. 아이들과 아무리 친하다고 해도 남의 비밀을 마음대로 누설할 수는 없는 일이니 말이다.

유정의가 걱정스러운 표정으로 말했다.

"선배, 피 공포증 있나?"

피 공포증은 피를 보면 정신이 혼미해지거나, 어지럽고 구역질이 나거나, 실신하는 등 과도한 스트레스를 받는 경우를 말한다.

"그런 것도 있어? 그건 왜 생기는데?"

권리아가 묻자, 유정의가 대답했다.

"나도 잘은 모르는데, 보통은 자신이 크게 다친 적이 있다거나, 다친 사람을 목격한 후에 그로 인한 트라우마가 생기는 것 아닐까?"

권리아가 고개를 갸웃하며 말했다.

"선배, 다쳤었다는 말은 못 들은 것 같은데."

"그러게 말이야."

유정의도 의아해하며 말하자, 양미수가 말을 돌렸다.

"선배는 이제 괜찮은 거 같으니까, 플래카드 만드는 거 의논하자."

"그래, 그러자. 일단 들어갈 내용부터 정하자."

권리아의 의견에 아이들은 머리를 맞대고 의논했다. 그리고 사고가 난 날짜와 시간, 택배 차량과 자전거를 탄 아동의 사고를 보신 분은 연락 달라는 문구와 변호사 사무실의 긴급 연락처를 넣기로 했다.

권리아가 하 사무장에게 가서 부탁했다.

"사무장님, 준희 사건, 교 통 사 고 의 목격자를 찾는 플래카드를 걸기로 했는데요. 준비해 주실 수 있나요?"

"그럼요, 플래카드에 들어갈 내용은 정했어요?"

하 사무장이 선뜻 말하자, 권리아는 내용을 적은 프린트물을 주었다.

"여기요. 잘 부탁드립니다."

하 사무장이 프린트를 받으며 말했다.

"네, 빨리 만들어서 걸어 달라고 할게요."

"감사합니다."

아이들이 동시에 인사했다. 하 사무장은 모든 일을 시원시원하게 할 뿐만 아니라, 능력 또한 출중하다. 한마디로 하지 못하는 일이 없다. 거기에 마음씨까지 따뜻해 늘 아이들을 챙겨 주니, 아이들이 하 사무장을 때로는 엄마처럼, 때로는 선생님처럼 믿고 따르는 것이다.

아이들이 퇴근하고 나자, 하 사무장은 한 대호 대표에게 이 범에 대한 걱정을 털어놓았다.

"대표님, 이 변호사님이 오늘 사건 당사자를 만나러 병원에 갔다가 문제가 좀 있었나 봐요."

한 대표가 화들짝 놀라며 물었다.

"문제요? 병원에서요?"

"네."

하 사무장의 대답에 한 대표가 표정이 어두워지며 말했다.

"그래요? 다 나은 줄 알았는데……."

"그러니까요. 저도 후배 변호사님들 오고 나서 이 변호사님이 표정도 밝아지고 기분도 좋아 보여서 다행이다 싶었거든요. 그런데 이번 사건이 교통사고 사건인 데다 병원에 가니까……. 또 아무래도 그날이 다가오니까 다시 생각난 게 아닐까 싶네요."

한 대표가 고개를 끄덕이며 말했다.

"알겠어요. 내가 좀 더 잘 살펴볼게요."

"네, 저도 더 신경 쓰겠습니다."

교통안전 수칙

차들이 다니는 길가는 잠시만 한눈을 팔아도 교통사고가 발생할 수 있어. 그래서 교통안전 수칙을 지켜야 해.

횡단보도를 건널 때는 우선 멈추고, 한 발 뒤에 물러서서 기다려.

신호가 깜박일 때는 절대 건너면 안 돼!

신호등에 초록불이 들어오면, 자동차가 멈춘 것을 확인하고 오른손을 들고 건너.

횡단보도가 없는 큰길은 꼭 육교나 지하도로 건너야 해.

교통사고를 예방하기 위해 꼭 지켜야 한다.

하 사무장의 말에 한 대표가 미소를 띠며 인사했다.

"고마워요, 사무장님만 믿겠습니다."

그러자 하 사무장이 한 대표의 눈치를 살피며 물었다.

"그런데…… 대표님은 괜찮으신 거죠?"

갑작스러운 질문에 한 대표는 당황하는가 싶더니, 이내 크게 웃으며 대답했다.

"아유, 그럼요. 전 이제 다 괜찮습니다. 하하."

한 대표의 별명은 '한대포'다. 목소리도 크고, 일도 저돌적으로 하기 때문이다. 그런데 하 사무장은 한 대표의 그런 모습이 더 쓸쓸해 보였다.

'괜찮으실 리가 없지. 아들을 먼저 보낸 아빠의 마음이 어떻게 괜찮을 수 있겠어.'

하 사무장도 마음이 아팠지만, 밝은 목소리로 웃으며 말했다.

"그럼 다행이고요."

그러고는 한 대표의 방을 나오며 생각했다.

'대표님도, 이 변호사도 걱정이네. 잘 넘겨야 할 텐데.'

아들을 먼저 보내다니, 도대체 한 대표의 아들에게 무슨 일이 있었던 것일까? 그리고 그것이 이범과는 어떤 관련이 있는 것일까?

다음 날, 아이들이 점심을 먹고 들어오자, 하 사무장이 기쁜 소식을 전했다.

"사건 현장에 플래카드 걸렸어요."

그러면서 횡단보도 앞에 걸린 플래카드를 찍은 사진을 보여 주었다.

"정말요?"

아이들이 반기며 사진을 봤다. '목격자를 찾습니다.'라는 제목으로 눈에 잘 띄게 만든 플래카드였다.

"좋네요. 감사합니다."

이범이 감사의 인사를 하자, 유정의가 말했다.

"그 사진, 저한테 좀 보내 주세요. 제 SNS에도 올릴게요."

"오, 유스타!"

권리아가 놀리는 손짓을 하며 말했다. 유정의의 별명은 '유스타'다. 어렸을 때는 키즈 유튜버로 유명했고, 지금은 인플루언서로 유명하기 때문이다. 그래서 유정의의 계정을 팔로워하는 사람들도 많으니, 목격자를 찾는 현수막 사진을 올리면 도움이 될 수도 있을 것이다.

권리아의 놀림에도 유정의는 굴하지 않고 우쭐한 표정으로 말했다.

"내가 좀 스타이긴 하지. 훗!"

"하하."

아이들이 웃자, 이범이 말했다.

"그나저나 빨리 목격자가 나와야 할 텐데, 걱정이다."

하지만 때로는 기다리는 시간도 필요한 법이다. 아이들은 착한 사마리아인이 나타나 주길 간절히 바랐다.

아이들의 바람이 통한 것일까? 저녁 때가 다 되어서 사무실에 전화 한 통이 걸려 왔다. 하 사무장이 받더니, 벌떡 일어나며 소리쳤다.

"목격자시라고요?"

목소리가 얼마나 컸던지 각자 방에 있던 아이들이 뛰어나왔다.

"왔어요? 정말요? 목격자래요?"

아이들이 번갈아 묻자, 하 사무장이 제일 앞에 나선 유정의에게 수화기를 넘기며 말했다.

"네, 사건 목격자시래요."

이름은 정소미, 나이는 29세였다. 유정의가 얼른 전화를 받아 물었다.

"안녕하세요? 유정의 변호사입니다. 정말 그 사건을 목격하신 게 맞습니까?"

정소미가 대답했다.

"네, 제가 옆 차선에 있었거든요. 제가 똑똑히 봤어요. 그런데 그 학생 괜찮은가요? 많이 다친 것 같았는데."

"괜찮습니다. 걱정해 주셔서 감사합니다. 지금 양쪽의 주장이 엇갈리고 있어서 정확한 증거가 필요하거든요. 좀 뵐 수 있을까요?"

"그럼 제 가게로 오세요."

정소미는 자신이 운영하고 있다는 애견 카페의 주소를 가르쳐 주었다. 유정의와 권리아가 나섰다.

"저희들이 가 볼게요."

이범이 허락했다.

"그래, 증언이랑 블랙박스 영상도 확보해."

"네, 알겠습니다!"

유정의와 권리아는 곧바로 정소미를 만나러 갔다. 유정의가 정소미에게 당시 상황을 물었다.

"어쩌다 사고가 난 건지 기억하시나요?"

"그럼요, 그 길은 제가 가게 출퇴근을 하면서 매일 다니는 길이거든요. 그때도 퇴근하고 있는데, 신호등이 노란색으로 바뀌더라고요. 그래서 브레이크를 밟고 정지하려고 하는데, 갑자기 옆 차선에 있던 택배 차량이 쌩 하고 속도를 높이는 거예요."

신 호 등

신호등은 누가 발명했을까?

1868년

존 나이트는 세계 최초로 신호등을 발명해 영국 런던의 국회 의사당 앞에 설치했어.

존 나이트
영국의 철도 정비사

하지만 수동이라 경찰이 작동해야 했고, 가스를 사용해 폭발이 자주 일어났지.

펑!

엄마야!

1912년

최초의 전기 신호등은 레스터 와이어가 개발했는데, 이것도 경찰이 수동으로 조작해야 했어.

레스터 와이어
미국의 경찰

영국의 존 나이트, 미국의 개릿 모건 등이 발명했다.

"속도를 높였다고요? 노란불인데도요?"

권리아가 눈이 동그래져 묻자, 정소미가 대답했다.

"네, 노란불에 지나가려고 한 거겠죠. 그런데 차가 정지선에 도착하기 전에 신호등이 빨간불로 바뀌었어요. 그리고 그때 학생 한 명이 자전거를 타고 횡단보도로 오고 있는 것을 봤거든요. 그래서 저는 당연히 그 차도 서겠거니 했는데, 다음 순간, 퍽! 소리가 나더라고요."

유정의가 정리해 다시 물었다.

"택배 차량이 빨간불인데도 주행하다 사고가 난 거네요."

"네, 분명해요. 그래서 저도 놀라서 봤는데, 학생이 택배 차량 앞에 쓰러져 있더라고요. 자전거는 저만큼 튕겨 나가 있고요. 내려야 하나, 말아야 하나 망설이고 있는데, 택배 차량에서 운전자가 내렸어요. 길 건너 카페에서도 아주머니 한 분이 나오셨고요."

그러고는 운전자가 아이를 흔들어 깨워 차에 태우는 것을 보고 잘 조치하리라 생각하고 그냥 왔다는 것이었다.

"가해자가 뭐라고 하는데요? 학생 잘못이라고 하나요?"

정소미의 물음에 권리아가 대답했다.

"네, 학생이 신호 위반을 한 것이라고 주장하고 있습니다."

"어머나, 그 아저씨 아주 나쁜 사람이네."

정소미가 기막히다는 듯 말하자, 유정의가 물었다.

"혹시 블랙박스 있으신가요? 명확한 증거가 필요해서요."

"있어요. 지워지지만 않았으면 녹화되어 있을 거예요."

정소미는 아이들에게 자신의 차량 블랙박스 기록을 보여 주었다. 영상에는 사고 당시의 상황이 고스란히 기록되어 있었다. 마침내 아이들은 배수근이 거짓말을 했다는 명백한 증거를 찾은 것이다.

권리아가 감사의 인사를 했다.

"감사합니다. 정말 중요한 증거물이에요."

정소미가 손사래를 쳤다.

"아니에요. 그때 내려서 다친 학생을 도와주지 못한 게 계속 마음에 걸렸었거든요. 이렇게라도 도움이 돼서 다행이에요."

카페 주인아주머니도 그렇고, 정소미도 그렇고, 피해를 당한 사람을 외면하지 않고 적극적으로 도와주려는 착한 마음, 사마리아인과 같은 마음이 사건의 진실을 밝힌 것이다.

그리고 잠시 후, 모두 회의실에 모여 블랙박스 영상을 확인했다. 고 변호사가 만족한 표정으로 말했다.

"수고하셨습니다. 영상을 증거로 첨부해서 경찰서에 고소장 제출하세요. 사고 후 미조치, 사기 미수 그리고 「교통사고 처리 특례법」 위반 업무상 과실 치상 혐의로요."

교통사고 처리 특례법

교통사고 처리 특례법

교통사고를 냈다고 다 형사 처벌을 받는 것은 아니야.

잘못했습니다.

아, 조심해야죠!

사망 사고가 아니고 종합 보험에 가입되어 있으며 피해자와 합의를 하면, 형사 처벌을 받지 않을 수 있어.

보험으로 물어드리겠습니다.

그렇다면 합의할게요.

하지만 예외가 있어.
12대 중과실로 교통사고를 낸 경우야.

① 신호 위반

② 중앙선 침범

③ 속도 위반

④ 앞지르기 위반

⑤ 철길 건널목
통과 방법 위반

⑥ 횡단보도 보행자 보호 위반

⑦ 무면허 사고

⑧ 음주 운전

⑨ 보도 침범

⑩ 승객 추락 방지 의무 위반

⑪ 어린이 보호 구역
안전 운전 의무 위반

⑫ 화물 고정 조치 의무 위반

그런 경우는 「교통사고 처리 특례법」으로 처벌을 받는데,

이 법은 업무상 과실 또는 중대한 과실로 교통사고를 일으킨 운전자에 대해 처벌하기 위해 만든 법이야.

교통사고로 인한 피해의 신속한 회복을 위해 만든 법

교통사고가 나면 경찰에 신고해야 하는데 하지 않았으니 사고 후 미조치인 것이고, 피해자에게 거짓말을 해서 자신의 채무를 면하려고 했으니 사기 미수, 신호 위반으로 교통사고를 내서 준희를 다치게 했으니, 과실 치상 혐의를 적용한 것이다.

아이들은 고소장을 작성해 경찰서에 제출했다. 경찰도 명백한 증거가 있으니, 검찰에 기소 의견으로 송치했다. 그러자 그제야 배수근은 준희의 아빠 이형근과 담당 변호사인 아이들을 찾아와 고개를 숙였다.

"잘못했습니다. 택배 일을 해서 먹고사는데, 교통사고를 냈다고 하면 일을 하지 못하게 될까 봐 그랬습니다."

이형근이 화가 나 소리쳤다.

"아무리 그래도 아이가 그렇게 많이 다쳤는데, 자기 살길만 생각하는 게 말이 됩니까? 어떻게 그럴 수 있냐고요!"

"죄송합니다. 치료비와 위자료는 다 물어드리겠습니다. 제발 합의 좀 해 주세요. 제가 벌지 않으면 저희 식구는 당장 먹고살 길이 막막합니다. 흑흑."

배수근이 자신의 처지를 털어놓으며 합의해 달라고 부탁했다. 그러나 아무리 먹고사는 것이 걱정된다고 해도 어떻게 자신의 죄를 다른 사람, 그것도 어린아이에게 뒤집어씌운단 말인가. 하지만 계속되는 배수근의 요청에 이형근은 결국 합의를 해 주었다.

그렇게 배수근의 재판이 열렸고, 배수근이 모든 혐의를 인정함으로써 선고 공판이 열리게 된 것이다.

판 사 가 선고했다.

"선고합니다. 피고인 배수근을 징역 1년에 처한다. 다만, 피고인이 고소인과 합의하여 합의서를 제출한 점, 피고인이 깊이 반성하고 있는 점 등을 고려해 이 판결 확정일로부터 2년간 위 형의 집행을 유예한다."

이형근이 배수근과 합의해 줬기 때문에 양형에 참작이 되어 집행 유예를 받을 수 있었던 것이다. 또 피해자인 준희 측의 과실이 10퍼센트 정도 있다는 것도 영향을 미쳤다. 자전거를 타고 횡단보도를 건너면 보행자가 아닌 차로 간주하기 때문에 과실이 있다고 보기 때문이다.

재판이 끝나자, 이형근이 배수근에게 충고했다.

"앞으로는 정직하게 사시기 바랍니다. 운전도 조심하시고요."

"네, 죄송합니다."

배수근은 미안한 표정으로 고개를 숙였다.

판 사

판사

판사는 재판에서 판결을 내리는 사람이야.

판사(判事)
판가름할 판 일 사

이를 위해 판사는 검사와 변호사가 제출한 사건에 관한 자료를 검토하고,

재판 중에는 검사와 변호사의 논쟁을 조정하며, 증인이나 참고인의 진술, 증거 등을 채택하는 등 재판 절차를 결정하고 진행해.

지금 검사는 유도 신문을 하고 있습니다.

검사, 주의하세요.

네.

그리고 법률에 근거해 형사 사건에서는 피고인의 범죄 여부를 판단하고 형량을 정해 선고하지.

피고인을 징역 3년에 처한다!

재판에서 판결을 내리는 사람

할머니는 사기꾼?

그날 저녁, 양미수가 퇴근을 하고 집에 갔는데, 엄마 우연정의 표정이 어두웠다. 양미수가 걱정돼 물었다.

"무슨 일 있으세요?"

저녁을 차리던 엄마가 한숨을 쉬며 걱정을 털어놓았다.

"사실 오다가 교통사고가 났어."

양미수가 깜짝 놀라 엄마의 몸을 살피며 물었다.

"교통사고요? 다치셨어요?"

엄마가 손을 내저으며 말했다.

"아니, 나는 괜찮아. 그런데 할머니 한 분이 내 차에 부딪쳐서 넘어지셨거든."

"할머니가요? 많이 다치셨어요?"

양미수가 눈이 동그래져 묻자, 엄마가 걱정스러운 표정으로 대답했다.

"괜찮다고 하시고 그냥 가셨는데, 영 찜찜한 마음이 들어서."

사연인즉, 엄마가 퇴근하고 집으로 돌아오는 길에 에 잠시 들렀단다. 은행 앞에 작은 주차 공간이 있어서 거기에 차를 댔는데, 볼일을 마치고 차를 빼려고 후진하고 있을 때, 갑자기 비명이 들린 것이다.

"어이쿠!"

엄마가 깜짝 놀라 차를 세우고 나가 보니, 할머니가 차 뒤쪽에 넘어져 있었다는 것이다. 엄마가 황급히 다가가 물었다.

"어머나, 다치셨어요?"

그러자 할머니가 버럭 화를 내며 말했다.

"아유, 잘 보고 운전해야지. 큰일날 뻔했잖아."

엄마가 할머니를 부축해 일으키며 사과했다.

"죄송해요. 아무도 없는 줄 알았는데……."

할머니가 자신의 엉덩이를 잡으며 신음했다.

"아이고, 엉덩이야."

넘어지며 엉덩이를 다친 모양이었다.

"어떡해요. 빨리 병원에 가요."

엄마가 병원에 모시고 가려고 할머니의 팔을 잡으며 말하자, 할머니는 엄마의 손을 뿌리치며 말했다.

은행

돈을 저축하거나 저축한 돈을 찾을 때,
또 필요한 돈을 빌릴 때도 은행에 가.

은행은 그 많은 돈이
어디에서 날까?

은행의 돈은 사람들이 저축한 돈이야.
그런데 사람들은 저축한 돈을 모두
한꺼번에 찾지는 않아.

그래서 은행은 그 돈을 필요한
사람이나 회사에 빌려주고
이자를 받아.

대출이라고 하지.

또 돈을 여러 곳에 투자해
불리기도 해서 예금한 사람들에게
이자를 주지.

은행에서는 세금, 전기 요금과 같은
공과금, 등록금 등을 낼 수 있고,

외국의 돈과 우리나라의 돈을
서로 바꿔 주기도 해.

이러한 일을 하는 은행을 일반 은행이라고 하는데, 중앙 은행과 특수 은행도 있어.

우리나라 중앙 은행은
'한국 은행'이야.

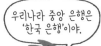

한국은행

중앙 은행
화폐를 발행하고, 통화량
(나라 안에서 실제로 쓰고
있는 돈의 양)을 조절

특수 은행
중소 기업을 지원하는 은행,
농민을 지원하는 농업 협동
조합 등

요즘에는 통신의 발달로 인터넷 뱅킹이나 모바일 뱅킹을 많이 이용해.
언제 어디서나 은행 업무를 볼 수 있어서 편리하지.

사람들이 저축한 돈을 모아 필요한 개인이나 회사에 빌려주는 기관

“괜찮아, 괜찮아. 그리고 내가 지금 바빠서 시간이 없어.”

할머니가 그냥 가려고 하자, 엄마가 붙잡았다.

“그래도 병원에 가셔야죠. 다치셨으면 어떡해요.”

“괜찮다니까. 일단 지금은 가야 하니까 전화번호나 줘요. 나중에 아프면 전화할 테니까.”

할머니의 말에 엄마는 얼른 명함을 주며 말했다.

“아프시면 참지 마시고 꼭 병원에 가시고 전화 주세요.”

“알았어, 알았어.”

할머니는 대답하고 급한 듯 서둘러 가 버렸단다. 양미수가 엄마의 이야기를 다 듣고 말했다.

“큰일날 뻔했네요. 그래도 많이 안 다치셔서 다행이에요.”

그러나 엄마는 걱정스러운 표정으로 말했다.

“그런데 진짜 괜찮으신지 모르겠어. 연세가 있으셔서 살짝 넘어져도 크게 다치실 수 있거든. 병원에 가 보셔야 할 텐데……. 전화번호라도 받아 둘 걸 그랬어.”

할머니의 전화번호를 받아 뒀으면, 전화해서 할머니의 상태가 어떤지 여쭤볼 수 있었을 테니 말이다. 엄마가 계속 걱정하자, 양미수가 위로했다.

“이제껏 연락 없으신 거 보니까 괜찮으신 거 아닐까요?”

“그럼 다행인데…….”

엄마는 여전히 마음이 무거워 보였다. 양미수가 물었다.

"그런데 후진하면서 할머니 오시는 거 못 보셨어요?"

엄마가 속상해하며 대답했다.

"후진하기 전에 봤을 때는 분명히 아무도 없었거든. 사각지대에 계셔서 내가 못 봤나 봐."

사각지대는 어느 위치에 섬으로써 사물이 눈으로 보이지 않게 되는 각도 또는 어느 위치에서 거울이 사물을 비출 수 없는 각도를 말한다. 자동차를 운전할 때는 주로 백미러나 사이드 미러를 통해 바깥 상황을 보기 때문에 사각지대가 생길 수 있다. 그래서 운전할 때는 사각지대에서 차나 사람이 잘 보이지 않는다는 것을 생각하며 항상 조심해서 운전해야 한다.

다행히 그날 밤도, 다음 날 아침까지도 할머니는 연락이 없었다. 그래서 양미수와 양미수의 엄마 우연정은 마음을 좀 놓고 있었는데…….

그날 오후였다. 양미수가 회사에서 일을 하고 있는데, 휴대 전화가 울려 보니 엄마였다. 양미수가 얼른 전화를 받았다.

"엄마, 이 시간에 웬일이세요?"

양미수의 엄마도 회사에서 일을 하고 있을 시간이었기 때문이다. 엄마가 미안한 목소리로 물었다.

"바쁘지? 통화 괜찮아?"

양미수의 일에 방해가 될까 봐 묻는 것이다. 다행히 급하게 처리할 일이 없는 시간이라 양미수가 대답했다.

"네, 괜찮아요. 말씀하세요."

양미수는 문득 어제 엄마가 말했던 교통사고가 생각났다. 이 시간에 전화를 했다는 것은 뭔가 문제가 생겼다는 뜻이지 않겠는가. 아니나 다를까 엄마가 말했다.

"어제 교통사고 말이야."

양미수가 물었다.

"왜요? 할머니, 많이 다치셨대요?"

"응, 할머니의 아들이 전화를 했는데, 할머니가 많이 다치셔서 걸음도 못 걷는다고……."

"어머나, 어떡해요. 병원에는 가셨대요?"

양미수가 걱정되어 묻자, 엄마가 대답했다.

"응, 전치 2주가 나왔다고 하는데……."

순간, 양미수는 의아했다.

'많이 다치셨는데, 전치 2주?'

많이 다쳤다고 해서 뼈에 금이 가거나 부러졌나 했는데, 만약 그랬다면 전치 2주 정도로는 치료되지 않기 때문이다.

"뼈에 금이 가거나 다치신 건 아니래요?"

"그건 아닌데, 아파서 잘 못 걸으신다고 하더라고."

그렇다면 타박상이나 염좌 정도가 아닐까. 양미수가 말했다.

"그래도 그 정도이신 게 다행이네요."

연세가 있으신 노인들은 뼈에 금이 가거나 부러지면 치료가 잘 안 되기 때문이다.

그러자 엄마가 말했다.

"그러니까. 그런데 치료비는 보험으로 물어드리겠다고 했더니, 그것 가지고는 안 된다고 합의금으로 300만 원을 달라네."

자동차를 운전하려면 자동차 보험을 들어야 한다. 보험은 재해나 각종 사고 따위가 일어날 경우의 경제적 손해에 대비하여, 공통된 사고의 위협을 피하고자 하는 사람들이 미리 일정한 돈을 함께 적립해 두었다가, 사고를 당한 사람에게 일정 금액을 주어 손해를 보상하는 제도를 말한다. 자동차 보험은 크게 책임 보험과 종합 보험으로 구분되는데, 책임 보험은 필수적으로 들어야 하고, 종합 보험은 사고 시 보상의 정도를 개별적으로 정해 가입한다.

양미수가 화들짝 놀라며 되물었다.

"300만 원이요?"

엄마가 대답했다.

보험

보험

살다 보면, 병에 걸리거나 재난 또는 사고를 당하는 등 어려운 일이 생겨.

불이야!

그럴 때는 몸과 마음이 아픈 것도 문제지만, 치료비나 보상비 등 경제적인 손해를 책임져야 하는 경우가 많지.

아이고, 내 집! 흑흑!

보험은 이러한 일에 대비해 미리 여러 사람들이 함께 정한 돈을 적립해 두었다가

보험료
보험료
보험료
보험료

보
험

사고를 당한 사람에게 일정한 금액을 주어 손해를 보상해 주는 제도야.

보험 들어 놓기 잘했네!

보험금

이 중 국민의 복지를 위해 국가에서 관리하는 보험을 '사회 보험'이라고 해.

국민 건강 보험
병원비, 약값 등 의료비 부담을
덜어 주기 위한 보험

연금 보험
해마다 일정액의 생활비를
지급하는 보험

고용 보험
근로자가 어쩔 수 없이 실직했을 때
생계유지를 위한 보험

산재 보험
근로자가 근로 현장에서 불의의
사고를 당했을 때 지급하는 보험

반면에 개인의 필요로 보험 회사의 상품에 가입하는 경우를
'민영 보험'이라고 하는데, 크게 생명 보험과 손해 보험으로 나눌 수 있지.

생명 보험
사람의 생존 또는
사망에 관한 보험
(연금 보험, 종신 보험, 사망 보험)

손해 보험
우연한 사건으로 발생한
손해에 관한 보험
(자동차 보험, 화재 보험, 여행 보험)

재해나 사고의 경제적 손해에 대비해 돈을 적립해 두는 제도

"응, 할머니가 연세가 있으셔서 나중에 후유증이 올 수도 있다고. 그래서 줘야 하나, 말아야 하나 고민이 돼서."

자신의 실수로 할머니가 사고를 당했으니, 치료비를 물어주는 것은 당연한 일이다. 하지만 따로 300만 원이나 합의금을 달라는 것은 좀 지나치다는 생각이 드는 것이다. 300만 원이면 적은 돈이 아니니 말이다. 양미수도 엄마와 같은 생각이 들었다.

"아, 네…….. 좀 많기는 하네요."

양미수의 말에 엄마가 설명했다.

"그래서 내가 좀 많다고 했더니, 300만 원도 적게 받는 거라고 화를 내더라고."

할머니의 이름은 이전심, 할머니 아들의 이름은 강제남이라고 했다. 엄마는 강제남의 위협적인 말투에 상당히 당황하고 놀란 모양이었다. 그런데 양미수도 처음 겪는 일이라 선뜻 어떻게 하라는 말을 할 수가 없었다.

"제가 좀 알아볼게요. 어느 정도 드리는 게 적당한지."

양미수의 말에 엄마가 반기며 말했다.

"그럴래? 고마워, 바쁜데."

양미수의 아빠는 양미수가 3세 때 지병으로 돌아가셨다. 그래서 양미수는 그때부터 엄마와 단둘이 살았는데, 어느새 양미수가 커서 이제는 엄마가 믿고 의지할 수 있는 딸이 된 것이다.

"아니에요. 곧 전화드릴게요."

양미수는 전화를 끊었다. 그리고 권리아, 유정의가 함께 있는 단톡방에 메시지를 보냈다.

의논할 일이 있는데, 잠깐 시간 돼?

아이들은 곧바로 답 문자를 보냈다.

당근!
회의실로!

아이들이 회의실에 모이자, 양미수는 엄마에게 벌어진 일을 전했다. 권리아가 놀라며 말했다.

"어머나! 엄마, 놀라셨겠다."

권리아와 양미수, 유정의는 로 스 쿨에 다닐 때부터 절친이다. 어린이 변호사 양성 프로젝트 2기 동기이기 때문이다. 그래서 부모님들께도 그냥 서로 엄마, 아빠라고 부른다.

유정의도 황당한 표정으로 물었다.

로스쿨

로스쿨은 법률가를 양성하기 위해 설립된 법학 전문 대학원이야.

로스쿨 (law school)
법 학교

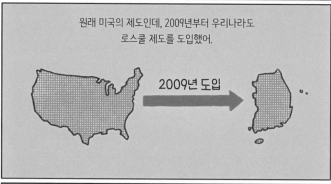

원래 미국의 제도인데, 2009년부터 우리나라도
로스쿨 제도를 도입했어.

2009년 도입

로스쿨에 들어가기 위해서는 4년제 대학을 졸업하고,
법학 적성 시험을 통과해야 해.

졸업 + 법학 적성 시험
(Legal Education Eligibility Test, LEET)
법학 전문 대학원 입학 자격 시험

대학 졸업장

로스쿨에서는 3년 동안 「헌법」, 「민법」, 「형법」, 「소송법」 등 기본 법률과 자신이 원하는 세부 전공을 공부해.

로스쿨을 졸업하면 변호사 자격 시험을 볼 수 있는 자격이 주어지지.

변호사 자격 시험에 합격하면 변호사로 일할 수 있고, 검사에 지원해 검사가 되거나, 변호사로 경험을 쌓은 후 판사가 될 수도 있어.

변호사   검사   판사

법률가를 양성하기 위한 법학 전문 대학원

"전치 2주면 크게 다치신 건 아닌 것 같은데, 합의금을 따로 300만 원이나 달라고 했다고?"

양미수가 난처한 표정으로 물었다.

"응, 이런 경우에 어떻게 해야 해? 달라는 대로 줘야 되는 건가?"

그런데 바로 그때였다.

"합의금? 무슨 합의금?"

이범이었다. 아이들이 회의실에 모여 있는 것을 보고 무슨 일인가 해서 들어온 것이다. 양미수가 사건에 대해 다시 설명하자, 이범이 물었다.

"어머님이 경찰에 신고는 하셨어?"

양미수가 고개를 저으며 대답했다.

"아니요, 할머니가 괜찮다고 가셔서 신고는 안 하셨대요."

그러자 이범이 고개를 끄덕이며 말했다.

"그런데 할머니의 태도가 오늘 갑자기 바뀐 거네."

유정의가 의심스러운 표정으로 말했다.

"그러니까요. 아무래도 좀 수상하지 않아요? 왠지 보험 사기단의 전형적인 수법 같아요."

"보험 사기단?"

양미수가 놀라며 되묻자, 유정의가 설명했다.

"엄마가 후진하기 전에 봤을 때는 분명히 아무도 없었다며. 그런데 갑자기 나타나 넘어진 것도 그렇고, 병원 가자는데 그냥 간 것도 그렇고, 다음 날 아프다며 합의금을 요구하는 것도 그렇고. 보험 사기를 칠 때 흔히 쓰는 수법 아닌가?"

권리아도 동의했다.

"그래, 좀 수상하다."

아무리 그래도 그렇지, 보험 사기라니! 양미수는 생각지도 못한 말에 어안이 벙벙해졌다.

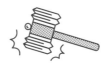

"보험 사기라면…… 그럼 할머니가 보험금과 합의금을 받아 내려고 일부러 사고를 낸 거란 말이야?"

양미수가 어리둥절한 표정으로 묻자, 유정의가 단호한 목소리로 대답했다.

"응, 나는 그럴 가능성이 충분히 있다고 생각해."

이범이 양미수에게 물었다.

"블랙박스는 확인했어?"

"아니요."

양미수의 대답에, 유정의가 답답하다는 듯 말했다.

경찰권

경찰은 국민의 안전과 재산을 보호하고, 사회의 공공질서를 유지하는 일을 해.

이런 일을 하다 보면 국민에게 명령을 하거나, 개인의 자유를
제한하는 경우도 생겨.

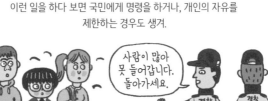

이렇게 경찰의 힘을 발동할 수 있는 권한을 '경찰권'이라고 해.

경찰권은 내국인, 외국인, 자연인, 법인 등의 구별 없이 적용돼.

하지만 경찰권을 함부로 쓰지 않게 하기 위해, 경찰권은 무제한으로
발동할 수 없고 반드시 법규의 근거가 있어야 해.

「경찰관 직무 집행법」 제1조(목적)
②이 법에 규정된 경찰관의 직권은 그 직무 수행에
필요한 최소한도에서 행사되어야 하며
남용되어서는 아니 된다.

또 모든 국민에 대해 차별적으로 발동되어서는 안 되지.

성별 종교   신분   지위 인종

경찰권

경찰의 힘을 발동할 수 있는 권한

"아이참, 준희 사건을 해결하면서 블랙박스가 얼마나 중요한지 봤잖아. 사고 났으면 블랙박스부터 확인했어야지."

양미수가 그제야 깨닫고 말했다.

"그러네! 미처 생각을 하지 못했어."

어제는 할머니가 다쳤을까 봐 걱정만 했지, 사고가 왜 일어났는지에 대해서는 전혀 의문을 갖지 않았다. 양미수는 곧바로 엄마에게 전화해 블랙박스 영상을 보내 달라고 했다.

잠시 후, 양미수의 엄마가 블랙박스 영상을 보내자, 아이들은 함께 영상을 확인했다. 엄마 말대로 후진을 하기 전에는 차 뒤에 아무도 없었다. 그런데 엄마가 후진을 시작하자, 할머니가 갑자기 옆에서 쑥 들어오는 것이 아닌가.

유정의가 어이없는 표정으로 말했다.

"할머니가 갑자기 들어오신 거네!"

"잠깐, 잠깐 멈춰 봐."

권리아의 말에 유정의가 영상을 멈췄다. 권리아가 할머니와 차 사이의 거리를 가리키며 말했다.

"안 닿은 거 같지 않아?"

그래서 모두 함께 화면을 자세히 살펴봤는데, 화면만으로는 정확하게 구분하기 힘들었다.

"안 닿은 것 같기도 하고, 닿은 것 같기도 하고…… 잘 모르겠다."

양미수의 말에 이범이 의문을 제기했다.

"그런데 할머니는 어디 있다가 갑자기 들어온 거지? 보고 온 거야, 못 보고 온 거야?"

"황급히 들어오는 걸로 봐서 일부러 들어온 거 아닐까요?"

유정의의 말에 아이들도 고개를 끄덕였다. 블랙박스 영상을 보니, 의심 가는 정황이 한두 가지가 아니었기 때문이다. 그렇다면, 유정의의 말대로 정말 보상금과 합의금을 노린 보험 사기극이란 말인가. 만약 그렇다고 해도 블랙박스 영상만으로는 증명할 방법이 없다.

권리아가 골똘히 생각하며 말했다.

"좀 더 넓은 각도에서 찍힌 영상이 있으면 좋을 것 같은데……."

유정의가 의견을 냈다.

"은행 앞이라고 했지? 그럼 주변에 CCTV가 있지 않을까?"

"그러네, 있겠네."

권리아가 반기며 말하자, 유정의가 벌떡 일어나며 말했다.

"가 보자."

유정의의 갑작스러운 행동에 양미수가 놀라 물었다.

"지금?"

유정의가 대답했다.

"응, 쇠뿔도 단김에 빼라고 했잖아. CCTV 영상은 빨리 확보할수록 좋아."

'쇠뿔도 단김에 빼라.'는 속담은 든든히 박힌 소의 뿔을 뽑으려면 불로 달구어 놓은 김에 해치워야 한다는 뜻이다. 즉 어떤 일이든지 하려고 생각했으면 한창 열이 올랐을 때 망설이지 말고 곧 행동으로 옮겨야 함을 비유적으로 이르는 말이다.

그러자 권리아가 이범에게 물었다.

"선배, 갔다 와도 돼요?"

아직 근무 시간이라 개인적인 일을 하러 가면 안 될 것 같아서 물은 것이다. 그런데 이범이 흔쾌히 허락했다.

"갔다 와. 고 변호사님께는 내가 말씀드려 놓을게."

"고마워요, 선배."

양미수가 인사를 하자, 유정의가 먼저 나섰다.

"가자!"

양미수는 자신의 일처럼 발 벗고 나서 주는 아이들과 이범 선배가 진심으로 고맙고 든든했다. 아이들은 지하철을 타고 사고가 났던 은행으로 갔다.

한편, 아이들이 황급히 사무실을 나가자, 하 사무장이 놀란 눈으로 이범에게 물었다.

"무슨 일이에요?"

이범이 양미수의 일을 간단하게 설명하자, 하 사무장이 안타까운 표정으로 말했다.

"맞아요, 요즘 자동차에 일부러 뛰어들어 사고를 내는 사람들이 많다고 하더라고요. 보험금이랑 합의금 받아 내려고요. 양 변호사님 어머님, 큰일날 뻔하셨네요."

"아직은 의심만 하는 단계예요. 진짜 보험 사기라는 증거가 없으니까요."

"여하튼 잘 해결됐으면 좋겠어요."

하 사무장이 말하더니, 이내 생각난 듯 말했다.

"맞다! 아까 대표님이 변호사님을 찾으셨어요."

"저를요?"

이범이 의아한 표정으로 묻자, 하 사무장이 대답했다.

"네, 회의실에 계시기에 나오시면 전해 드리겠다고 했는데 깜박 잊었네요."

"아, 네. 감사합니다."

이범은 하 사무장에게 인사하고, 한 대표의 방으로 갔다. 이범은 한 대표가 왜 자신을 부르는지 짐작이 갔다.

'병원 일을 아셨구나!'

준희를 만나러 병원에 갔다 온 날, 하 사무장이 이범의 안색이 좋지 않은 것을 눈치챘으니, 한 대표에게 그 사실을 알렸을 것이다. 그래서 부른 것이지 않겠는가.

똑똑, 이범이 노크하고 들어가며 물었다.

"찾으셨다고 하셔서…… 무슨 일로……?"

한 대표가 소파를 가리키며 말했다.

"어, 그래. 앉아."

이범이 소파로 가서 앉자, 한 대표도 와서 앉으며 말했다.

"그냥 요즘 어떤가 해서. 건강은 괜찮은 거지?"

하 사무장이 이범을 걱정하는 말을 듣고, 한 대표는 이범이 준희 사건의 을 끝낼 때까지 가만히 지켜보았다. 다행히 크게 문제가 있는 것 같지는 않았지만, 그래도 한번은 물어봐야겠다고 생각해 부른 것이다.

"병원에 갔을 때 공황이 다시 왔었어요. 그런데 이제는 괜찮습니다. 다시 약 먹고 있으니까 걱정 안 하셔도 돼요."

이범이 털어놓자, 한 대표가 말했다.

"그래, 힘들면 참지 말고 쉬기도 하고 그래."

"네."

이범이 대답했다. 한 대표가 다시 물었다.

"금요일에는 5시쯤 출발하려고 하는데, 괜찮지?"

"네, 준비하고 있겠습니다."

 재 판

이범은 인사하고 한 대표의 방을 나갔다. 한 대표는 자신의 자리로 가더니, 책상 위에 놓인 사진 액자를 들어 물끄러미 바라봤다. 한 대표의 아들, 한지음과 함께 찍은 사진이었다. 한 대표가 사진 속의 아들에게 말했다.

"지음아, 범이랑 갈게. 곧 보자."

한 대표의 콧날이 찡해졌다.

그 시각, 아이들은 은행에 도착해 CCTV가 어디에 설치되어 있는지 샅샅이 살폈다. 예상대로 은행 앞이라 그런지 여기저기 CCTV가 설치되어 있었다.

"네 대나 있네."

권리아가 반기며 말했다. 그중 주차장을 정확하게 비추고 있는 CCTV도 두 대나 되었다. 아이들은 CCTV 영상을 확보하기 위해 은행의 경비를 담당하는 경비실을 찾아갔다.

유정의가 변호사 명함을 내밀며 부탁했다.

"법무 법인 지음의 유정의 변호사입니다. 어제 저녁 6시쯤 은행 앞 주차장에서 작은 교통사고가 발생했거든요. 그 시간의 CCTV 영상을 좀 확인할 수 있을까요?"

경비실 소장은 명함을 보더니 흔쾌히 허락했다.

"네, 보여드리죠."

소장은 모니터에 어제 저녁 6시의 영상을 띄우며 말했다.

정약용의 재판

정약용은 조선 시대의 실학자로, 정조에게 큰 신임을 받는 신하였어.

| 정조 조선 제22대 왕 | 정약용 조선 후기의 정치인, 실학자 |

그래서 정조가 수원에 화성을 지을 때도 거중기를 만들어 도왔지.

그런데 정조가 세상을 떠나자, 정약용은 천주교를 믿는다는 이유로 체포되어 국문을 당했어.

1801년(순조 1년), 신유박해

국문 국왕의 명으로 중죄인을 직접 심문하는 것

하지만 이는 정순왕후가 정권을 장악하면서 정조의 총애를 받던 남인들을 숙청하고자 한 것이었지.

사학을 믿는 자들은 모두 처벌하세요!

정약용은 천주교는 학문으로 접했을 뿐, 천주교와 결별했다고 자신을 변호했지.

천주교는 학문으로 접한 것입니다.

결국 정약용은 사형에서 유배로 감형되어 18년의 긴 유배 생활을 했어.

정약용은 유배 생활 동안 많은 저서를 남겼어.

경세유표(經世遺表)
부강한 나라를 만들기 위한
제도 개혁에 관해 쓴 책

목민심서(牧民心書)
백성들을 다스리는 관리들의
자세에 관해 쓴 책

1822년

그중 《흠흠신서》는 형벌과 재판에 관해 다루며
어떻게 공정한 수사와 재판을 할 것인지에 대해 쓴 책이야.

흠흠신서
(欽欽新書)

삼가고 또 삼가라

비참함과 고통으로
울부짖는 백성의 소리를
듣고도 구제할 줄 모르니,
이것이 바로
깊은 재앙이 아닌가.
-서문 중에서

조선 최고의
법률 연구서였지.

신유박해 때 누명을 쓰고 유배된 후, 《흠흠신서》를 썼다.

"은행 앞쪽에는 모두 네 대의 CCTV가 있거든요. 제일 위쪽에 있는 모니터 네 개를 보시면 됩니다."

양미수가 그중 주차장 쪽을 비추고 있는 영상에서 주차되어 있는 엄마의 빨간색 차를 가리키며 말했다.

"이 차야."

그리고 잠시 후, 엄마가 은행에서 나와 차에 타고, 후진으로 차를 빼기 시작했다. 그런데 바로 그 순간, 갑자기 할머니 한 분이 차 뒤로 가더니 다짜고짜 넘어지는 것이었다.

"닿지도 않았는데 넘어졌어."

유정의가 기막히다는 듯 말했다. 정말 몸에 차가 닿기도 전에 넘어져 버리는 것이 그대로 찍혀 있었다. 양미수가 혹시나 해서 물었다.

"차가 오니까 놀라서 넘어지신 건 아니겠지?"

차에 닿지는 않았지만, 차가 오니까 당황해 넘어졌을 수도 있으니 말이다. 물론 그랬다면 양미수 엄마의 과실은 훨씬 줄어들 수 있을 것이다.

그러자 권리아가 소장에게 부탁했다.

"소장님, 이 빨간색 차 들어온 시간부터 볼 수 있을까요?"

"네, 잠시만요."

소장이 영상을 앞으로 돌려 양미수 엄마의 차가 주차장에 들어오는 때부터 영상을 재생시켰다.

"잠깐, 잠깐 멈춰 주세요."

권리아가 부탁하자, 소장이 영상을 멈췄다. 권리아가 영상에서 할머니를 찾아 가리키며 말했다.

"할머니, 여기 계시네."

정말 그 할머니가 은행 앞에 떡하니 서 있는 것이 아닌가. 양미수의 엄마가 은행에 오기 전부터 할머니는 은행 앞에 서 있었던 것이었다. 다시 영상이 재생되고, 아이들은 할머니의 일거수일투족을 살폈다. 양미수의 엄마가 자동차를 주차시키고 차에서 내리자, 할머니는 엄마를 쓱 한번 쳐다보더니 몸을 슬쩍 옆으로 돌렸다. 엄마가 자신의 얼굴을 보지 못하게 하려는 듯이 말이다. 그리고 엄마가 은행에 들어가자, 할머니는 엄마 차 주위를 서성이며 살펴보는 것이었다.

유정의가 황당한 표정으로 말했다.

"이 할머니, 완전히 계획적이네."

"그래, 처음부터 엄마를 노린 거네."

권리아도 기막히다는 듯 말했다. 의심스럽긴 했지만, 그래도 아닐 거라고 믿고 싶었는데, 정말 보험금을 노린 사기꾼이라니. 그것도 연세도 많으신 할머니가 말이다.

왜 대표님의 아들 기일에 이범 선배가?

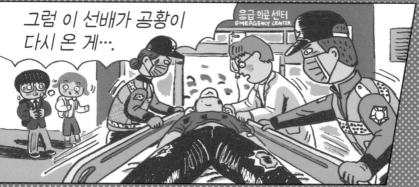

그럼 이 선배가 공황이
다시 온 게…

이법의 비밀

아이들은 CCTV 영상을 내려받아 회사로 돌아왔다. 이범이 궁금해하며 물었다.

"어떻게 됐어?"

권리아가 화난 목소리로 말했다.

"그 할머니, 완전 사기꾼이에요. 은행 앞에서 사기 칠 사람을 찾고 있었던 거 있죠."

유정의가 설명을 이었다.

"엄마가 차를 빼니까 뒤로 뛰어들었어요. 그리고 차에 닿지도 않았는데 주저앉아 버리더라고요."

이범이 황당한 표정으로 말했다.

"그래서 증거는 확보했어?"

양미수가 증거 영상이 든 UBS를 보여 주며 말했다.

"네, 여기요."

"그래, 그럼 증거 영상 첨부해서 보험 사기로 경찰에 고소해."

그런데 양미수가 난처한 표정으로 되물었다.

"고소요?"

"당연히 고소해야지. 그냥 봐주려고 했어?"

권리아의 말에 양미수가 망설이며 대답했다.

"그건 아닌데…… 그래도 할머니시라 좀…….'

돈을 빼앗기 위해 거짓 사고를 내고 사기를 치긴 했지만, 그래도 연세가 많은 할머니라 고소까지 해야 할까 망설여졌다. 그건 양미수의 엄마도 마찬가지였다.

"엄마도 할머니의 아들한테 가짜로 사고 낸 거 알았다고 얘기하고, 합의금만 안 보내면 안 되냐고 하시는데…….'

그러자 권리아가 답답하다는 듯 말했다.

"아이참, 엄마랑 너랑 또 마음 약해져서…….'

양미수는 누구보다 착하고 여린 마음을 가졌다. 그러다 가끔 엉뚱한 행동을 해서 별명이 '미수테리'이긴 하지만 말이다. 양미수의 엄마도 마음이 넓고 소녀 같은 분이다. 그 엄마에 그 딸이라고나 할까. 어쩌면 그래서 사기꾼에게 쉽게 속은 것일 수도 있지만 말이다.

유정의가 단호한 목소리로 말했다.

"그래, 이건 그냥 넘어갈 일은 아닌 것 같아. 할머니가 혼자 한 것도 아니고, 아들이랑 짜고 한 거잖아. 이 사람들 어쩌면 처음 이런 게 아닐 수도 있어."

"그런가?"

양미수가 어떻게 해야 할지 고민하고 있는데, 이범이 차분한 목소리로 말했다.

"보험 사기는 「보험 사기 방지 특별법」까지 만들어질 정도로 문제가 되고 있는 범죄야. 보험이라는 게 수많은 사람들이 돈을 모아 보상금을 지급하는 거잖아. 그런데 이렇게 사기를 쳐서 보상금을 타면, 선량한 사람들에게까지 피해를 입히는 것이니까 큰 문제인 거지."

권리아가 맞장구를 쳤다.

"그러네. 너랑 엄마만 손해가 아니라, 다른 사람들에게까지 손해를 입히는 건데, 그냥 넘어갈 수는 없겠네."

양미수가 이범에게 물었다.

"보험 사기는 형량이 어느 정도 나오는데요?"

이범이 대답했다.

"「보험 사기 방지 특별법」 제8조, 보험 사기 행위를 한 자는 10년 이하의 징역 또는 5천만 원 이하의 벌금에 처할 수 있다."

 보험 사기 방지 특별법

「보험 사기 방지 특별법」은 보험 계약자, 피보험자, 그 밖의 이해 관계인의 권리와 이익을 보호하고, 보험업의 건전한 육성과 국민의 복리 증진을 위해 제정한 법이다. 보험 사기 행위의 조사, 방지, 처벌에 관한 사항 등을 정해 놓았다.

그나저나 역시 이범은 대단하다. 뭐든지 묻기만 하면 법 조항을 줄줄이 읊으니 말이다.

유정의가 눈을 크게 뜨며 말했다.

"형량이 꽤 높네요."

"돈을 준 건 아니니까, 사기 미수죄를 적용하면 형량이 많이 나오지는 않을 거야."

이범의 설명에 양미수가 결심한 듯 말했다.

"알았어요, 그럼 고소장 써서 고소할게요."

권리아가 이범에게 부탁했다.

"선배, 고소장 내러 갈 때 선배가 같이 가 주면 안돼요?"

권리아가 또 이범을 양미수와 함께 보내려고 하는 것이다. 양미수가 권리아의 속셈을 알아차리고 손사래를 치며 말했다.

"아니에요. 괜찮아요."

그런데 이범이 흔쾌히 말했다.

"그래, 같이 가 줄게. 내일 오전 중에 갔다 오자."

권리아가 손뼉까지 치며 반겼다.

보험 사기 방지 특별법

보험 사기는 보험 사고의 발생, 원인, 내용에 관하여 보험자를 속여서
보험금을 청구하는 행위를 말해.

보험금은 많은 사람들이 공동으로 모은 돈이기 때문에 사기 행위로
보험금을 타는 것은 다른 사람의 재산을 빼앗는 범죄라고 할 수 있지.

그래서 보험 사기 범죄가 급격히 늘자,
2016년, 「보험 사기 방지 특별법」을 제정했어.

보험 사기를 저지르면, 이 법을 적용해 일반 사기죄보다
더 큰 벌을 받게 되는데,

제8조(보험 사기죄)
①다음 각 호의 어느 하나에 해당하는 자는 10년 이하의
징역 또는 5천만 원 이하의 벌금에 처한다.
1. 보험 사기 행위로 보험금을 취득하거나
제3자에게 보험금을 취득하게 한 자

상습범은 가중 처벌되고, 미수범도 처벌하게 되어 있지.

제9조(상습범)
상습으로 제8조의 죄를 범한 자는
그 죄에 정한 형의 2분의 1까지 가중한다.
제10조(미수범)
제8조 및 제9조의 미수범은 처벌한다.

또 벌금형 이상의 판결이 나오면, 부정 지급된 보험금을
이자까지 쳐서 모두 돌려줘야 해.

보험 사기를 방지하기 위해 제정된 법률

131

로 마 법 은 어떻게 만들어졌을까?

'로마에 가면 로마법을 따르라.'는 말이 있어. 그만큼 로마법이 유명하다는 얘긴데, 로마법은 어떻게 만들어졌을까?

작은 도시 국가였던 고대 로마에는 전통적으로 내려오는 관습법이 있었어. 하지만 귀족들만 알고 있어서 평민들에게는 불리하게 적용됐지.

> 법대로 하라!

> 우린 법을 모르니 억울해요.

관습법

기원전 450년경, 원로원은 10명의 대표를 뽑아 입법 위원회를 만들고, 로마 광장에서 활발한 토론을 거쳐 '12표법'을 만들었어.

> 법전을 만들어 주시오!

> 입법 위원회에서 만들겠소!

> 로마 최초의 성문법이지.

돈과 재산권, 노예 제도, 계약과 동업 등의 내용을 12개의 조항으로 정리한 것으로, 동판에 새겨 많은 사람들이 볼 수 있도록 광장에 붙여 놓았지.

그 후, 로마는 영토를 넓혀 대제국으로 발전하면서 이민족들이 많아지자, 로마 영토의 모든 사람들에게 적용되는 '만민법'을 만들었어.

만민법

그리고 530년, 로마의 황제 유스티니아누스 1세는 수백 명의 학자들을 모아 제국을 다스릴 법률을 만들게 했지.

내가 옛 로마의 영광을 되살리리라!

학자들은 옛 로마의 법률은 물론이고, 그리스와 여러 나라의 법률을 모으고 분석해서 《유스티니아누스 법전》을 만들었어.

이 법전은 《로마법 대전》으로 불리며, 서유럽 국가들의 법 제도의 기본이 되었고, 오늘날 시민법이 만들어지는 데에도 결정적인 영향을 주었지.

로마법 대전

관습법, 만민법, 로마법 대전으로 발전했다.

"와, 잘됐다. 고마워요, 선배."

양미수도 쑥스러워하며 인사했다.

"고마워요, 선배."

이범이 함께 가 준다니, 양미수는 든든한 마음이 들었다.

다음 날 오전 11시쯤, 양미수와 이범은 고소장을 들고 경찰서로 갔다. 양미수의 엄마도 경찰서에 와 있었다. 엄마 우연정이 사건의 피해자이자 고소인이기 때문이다. 이범이 엄마를 발견하고 얼른 다가가 인사했다.

"어머니, 안녕하세요? 잘 지내셨죠?"

엄마도 활짝 웃으며 반겼다.

"아유, 범이구나! 진짜 오랜만이네. 나야 잘 지냈지. 범이도 잘 지냈지?"

"네."

이범이 웃으며 대답하자, 양미수의 엄마가 다시 물었다.

"우리 미수가 일을 잘 못해서 힘든 건 아니고?"

이범이 손사래를 치며 말했다.

"아닙니다. 아주 잘하고 있습니다."

"그럼 다행이고. 호호."

엄마가 보니, 양미수의 얼굴이 빨갛게 상기되어 있었다. 양미수의 엄마는 속으로 생각했다.

'엄청 좋은가 보네.'

엄마는 양미수가 이범을 좋아하고 있는 것을 알고 있다. 어젯밤에도 이범이 경찰서에 함께 가 주겠다고 했다며 얼마나 좋아하던지. 하지만 양미수의 엄마는 모른 척하며 인사했다.

"바쁜 데 이렇게 같이 와 줘서 고마워. 범이가 와 주니까 아주 든든하네."

이범이 쑥스러운 표정으로 말했다.

"아유, 아니에요."

이범과 양미수 그리고 엄마는 경찰서로 들어가 할머니 이전심과 아들 강제남을 보험 사기 미수 혐의로 고소했다. 경찰이 이전심과 강제남의 인적 사항을 확인하더니 말했다.

"이 사람들은 이전에도 보험 사기로 처벌을 받은 전력이 있는데요."

"정말요?"

양미수와 엄마가 놀라 동시에 물었다. 이범도 눈이 동그래졌다. 경찰이 대답했다.

"네, 두 번이나 걸려서 한 번은 벌금, 한 번은 집행 유예 처벌을 받았어요. 아직 집행 유예 기간이 끝나지도 않았는데 또 사기를 쳤네요."

양미수가 기막히다는 듯 말했다.

미수

미수란, 목적한 바를 시도했지만 이루지 못한 것을 말해.

미수(未遂)
아닐 ⓜ 이룰 ⓢ

법률적으로는 범죄 행위를 하려다가 그 목적을
달성하지 못한 일을 말하지.

「형법」제25조 (미수범)
① 범죄의 실행에 착수하여 행위를
종료하지 못하였거나 결과가 발생하지
아니 한 때에는 미수범으로 처벌한다.

예를 들어, 사기죄는 사람을 속여서 고의적으로 금액을 편취한
경우에 성립되는 범죄야.

개발되면
땅값이 100배나
오릅니다.

얼른
사야겠네요.

그런데 사기를 치기는 했지만, 여러 이유에 의해 경제적인 이익을
얻지 못했을 때는 '사기 미수죄'가 되는 거야.

양심에 찔려서.
흑흑.

사기라는 걸
들켜서 실패.

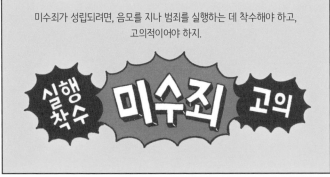

미수죄가 성립되려면, 음모를 지나 범죄를 실행하는 데 착수해야 하고,
고의적이어야 하지.

실행
착수 미수죄 고의

미수범은 형법에 의해 처벌되는데, 일반적으로 실제 죄를 저지른
기수범보다는 낮은 형량을 받게 돼.

「형법」제25조(미수범)
② 미수범의 형은 기수범보다
감경할 수 있다.

범죄 행위를 하려다가 목적을 달성하지 못한 일

"완전 상습범이네요."

「보험 사기 방지 특별법」 제9조에 의하면, 상습으로 보험 사기죄를 범한 자는 그 죄에 정한 형의 2분의 1까지 가중한다고 되어 있다.

그러자 경찰이 말했다.

"네, 증 거 가 확실하니까 바로 체포해서 조사하겠습니다."

"잘 부탁드립니다."

이범과 양미수와 엄마는 인사하고 경찰서를 나왔다. 양미수의 엄마가 말했다.

"고소를 안 했으면 큰일날 뻔했네. 또 다른 사람들한테 사기 치고 다녔을 거 아냐."

"그러니까요."

양미수가 동의하자, 이범이 말했다.

"수법이 한두 번 해 본 솜씨가 아닌 것 같긴 했어요."

엄마가 기막히다는 듯 말했다.

"사람들이 참 나쁘다. 열심히 일해서 먹고 살 생각을 해야지, 남을 속일 생각만 하니 말이야."

세상에 좋은 사람만 있는 게 아니라는 것은 알고 있었지만, 이렇게 사기를 당하고 보니 씁쓸한 마음이 들었다. 양미수의 엄마가 시계를 보더니 말했다.

"가자! 고생했으니까 맛있는 점심 사 줄게."

"아니에요. 괜찮습니다."

이범이 사양했지만, 양미수의 엄마가 다시 권했다.

"괜찮긴. 오랜만에 같이 밥도 먹고 좋지."

결국 양미수와 이범은 엄마와 함께 밥을 먹었다. 엄마는 양미수가 쑥스러워하면서도 좋아하는 것을 보니 흐뭇한 마음이 들었다.

그리고 다음 날 아침, 경찰로부터 양미수에게 전화가 왔다.

"이전심, 강제남을 체포했습니다."

"벌써요?"

양미수가 놀라 묻자, 경찰이 대답했다.

"네, 보험 사기 상습범으로 처벌될 테니까 걱정 안 하셔도 됩니다."

"고생하셨어요. 감사합니다."

양미수가 인사하고 전화를 끊자, 옆에서 듣고 있던 권리아가 기뻐하며 말했다.

"금방 잡았네. 잘됐다."

"상습범이니까 사기 미수라고 해도 형량이 꽤 나올 것 같은데. 게다가 집행 유예 중에 벌인 사건이라며."

유정의의 말에 이범도 의견을 말했다.

증거 재판주의

옛날에는 명확한 증거가 없어도 재판을 열고 죄인을 벌할 수 있었어.

내가 훔쳤다는 증거가 있나요?

증거는 무슨! 죄인을 감옥에 가둬라!

그래서 억울한 누명을 쓰는 사람들도 많았지.

다행히 근대 국가 이후부터는 증거에 의해 재판하는 '증거 재판주의'가 시작되었지.

증거가 있나요?

네.

근대 국가 법치주의와 인간의 자유와 평등, 기본권 등을 보장한 근대적 특징을 갖춘 국가

우리나라도 「형사 소송법」에 증거 재판주의를 규정하고 있어.

「형사 소송법」제307조(증거 재판주의) ①사실의 인정은 증거에 의하여야 한다.

또 증거를 인정할지, 인정하지 않을지는 법관이 판단하게 되어 있지.

증거로 블랙박스 영상을 제출합니다.

「형사 소송법」 제308조(자유 심증주의) 증거의 증명력은 법관의 자유 판단에 의한다.

그러나 범죄 사실을 유죄로 인정하는 데는 적법하게 수집, 조사한 증거만 사용될 수 있어.

「형사 소송법」 제308조의 2 (위법 수집 증거의 배제) 적법한 절차에 따르지 아니 하고 수집한 증거는 증거로 할 수 없다.

이를 '증거 능력'이라고 하는데, 불법으로 취득한 증거나 자백은 증거 능력이 없는 거지.

증거 능력이 없는 경우

몰래 복사한 문서

제삼자가 당사자들의 허락 없이 한 녹음

폭행이나 속임수에 의한 자백

재판에서 사실의 인정은 반드시 증거에 의하여야 한다는 원칙

"바로 구속되고, 지난번 범죄까지 가중 처벌되면, 징역 1년 6개월 정도는 나올 거야."

그러자 양미수가 걱정스러운 표정으로 말했다.

"징역 나오면, 할머니 연세도 많으신데 걱정이네요."

권리아가 양미수의 어깨를 잡으며 말했다.

"또 걱정, 걱정! 그건 네가 걱정할 일이 아닙니다요."

"그러네."

양미수가 머리를 긁적이며 말하자, 모두 웃음을 터뜨렸다.

"하하."

그렇게 양미수 엄마의 보험 사기 미수 사건은 잘 마무리되었다.

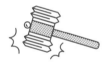

다음 날, 이형근이 준희를 데리고 변호사 사무실로 인사를 왔다. 준희는 아직 목발을 짚고 있었지만, 꽤 건강해 보였다.

"이제 괜찮은 거야?"

고 변호사가 묻자, 준희가 웃으며 대답했다.

"네, 재활 훈련을 하고 있어요."

이형근이 덧붙여 설명했다.

"뼈는 잘 아물었다는데, 잘 걸으려면 재활 훈련을 해야 한다고 해서요."

고 변호사가 준희에게 격려했다.

"다행이네. 열심히 해."

"네!"

준희가 큰 소리로 대답하자, 이형근이 감사의 인사를 했다.

"도와주셔서 감사합니다. 경찰도 못 찾은 증거를 찾아내다니, 모두 정말 대단하십니다."

이범이 겸손하게 말했다.

"목격자분들이 적극적으로 도와주신 덕분이에요."

이번 사건을 해결하는 데 카페 주인아주머니와 정소미의 증언과 블랙박스 영상이 결정적인 역할을 했기 때문이다.

이형근이 고개를 끄덕이며 말했다.

"네, 그분들께는 제가 찾아뵙고 감사의 인사를 드렸습니다."

고 변호사가 이형근을 위로했다.

"아버님도 고생 많으셨습니다."

이형근이 준희의 머리를 쓰다듬으며 말했다.

"그러게 말이에요. 저도 십년감수했습니다. 준희가 어떻게 될까 얼마나 노심초사했는지……."

아들이 크게 다쳤으니 얼마나 걱정되고 마음이 아팠겠는가.

고 변호사가 준희에게 말했다.

"그러니까 준희야, 이제부터는 자전거 탈 때 조심해야 해. 횡단보도에서는 꼭 내려서 끌고 가. 알았지?"

준희가 자신 있는 목소리로 대답했다.

"네, 아빠랑도 그렇게 하기로 약속했어요."

자전거를 타고 가지 않더라도 길을 가다 보면 교통사고는 언제든 일어날 수 있는 일이다. 그러니 교 통 법 규를 잘 지키는 것은 물론이고, 사고 나지 않도록 늘 조심해야 한다.

그러더니 준희가 생각난 듯 대뜸 물었다.

"그런데요……. 형이랑 누나들, 어벤저스예요?"

"어벤저스?"

갑작스러운 질문에 권리아가 눈이 동그래져 되물었다. 아이들에게 어벤저스라니, 이게 무슨 소리인가.

준희가 흥미로운 표정으로 말했다.

"나쁜 악당을 물리치는 어벤저스 있잖아요. 저 다치게 하고, 거짓말한 아저씨를 물리쳤으니까 어벤저스가 맞잖아요."

순간, 아이들은 첫 재판에 이겼을 때가 생각났다. 아이들이 의기양양해하는 표정을 보고, 고 변호사가 말했었다.

'어벤저스라도 된 것 같은 표정이네요.'

그때 아이들은 이왕 그렇게 된 거, '변호사 어벤저스'가 되

교 통 법 규

자고 약속했었다. '불의를 물리치는 정의의 변호사 어벤저스' 말이다. 그래 놓고 그동안 이래저래 바빠서 그때 했던 말을 까마득하게 잊고 있었다.

이형근이 웃으며 준희의 말을 설명했다.

"하하. 우리 준희가 요즘 어벤저스 캐릭터에 푹 빠져 있거든요. 변호사님들이 자기가 억울했던 일을 도와주고 해결해 주는 걸 보고 그렇게 생각한 모양입니다."

"아, 네. 하하."

아이들은 겸연쩍은 마음에 웃으며 넘어가려는데, 고 변호사가 준희에게 불쑥 말했다.

"준희가 잘 아네. 맞아, 이 형들이랑 누나들은 변호사 어벤저스야!"

예상치 못한 고 변호사의 말에 아이들은 깜짝 놀랐다. 고 변호사가 또 놀리려고 그렇게 말하나 싶었는데, 그런 표정은 아니었다. 고 변호사의 표정에서 진심이 느껴졌기 때문이다.

'칭찬하신 건가?'

아이들은 고 변호사가 자신들을 인정해 주는 것 같아 기분이 좋았다. 고 변호사도 아이들의 시선을 느꼈는지 머쓱한 표정을 지으며 헛기침을 했다.

"흠흠."

교통안전 표지

교통안전 표지는 안전한 교통 소통을 위해 교통 정보를 표시한 것이야.

대개 그림과 간단한 문자로 표시되고, 눈에 잘 띄는 원색을 쓰는데,

주의

규제

안전 속도
30

보조

지시

노면 상태

도로 표지 및 신호에 관한 빈 협약이 현재 국제 연합의 표준 표지로 쓰이고 있지.

종류	도형	테두리	사례
주의 표지	정삼각형	적색	좌로 굽은 도로
양보 표지	역정삼각형	적색	양보
정지 표지	팔각형	없음	정지
주정차 표지	원형	적색	주정차 금지

그러나 나라마다 조금씩 다르게 만들기도 해. 우리나라의 교통 표지는 「도로 교통법」에 규정하고 있어.

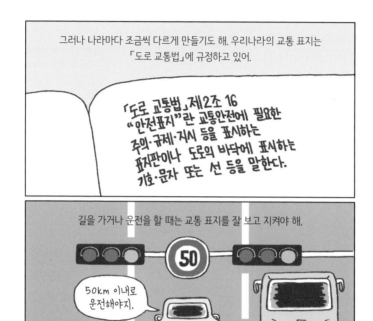

「도로 교통법」제2조 16
"안전표지"란 교통안전에 필요한 주의·규제·지시 등을 표시하는 표지판이나 도로의 바닥에 표시하는 기호·문자 또는 선 등을 말한다.

길을 가거나 운전을 할 때는 교통 표지를 잘 보고 지켜야 해.

50km 이내로 운전해야지.

그래야 교통사고를 피할 수 있고, 안전하게 운전할 수 있지.

안전한 교통 소통을 위해 교통 정보를 표시한 것

처음에 고 변호사는 아이들을 맡는 것을 탐탁지 않게 생각
했다. 그래서 회의도 잘 안 하고, 일도 아이들끼리 알아서 해
결하라고 내버려두었다. 그런데 아이들이 맡은 일에 최선을
다하고, 또 잘해 내자 마음이 변했다. 이제는 아이들의 능력을
인정해 주게 된 것이다.

'변호사 어벤저스라?'

아이들은 준희의 말을 듣고 이전에 했던 결심을 떠올렸다.
그리고 저마다 마음속으로 다시 다짐했다.

'그래, 불의를 물리치는 정의의 변호사 어벤저스가 되자!'

고 변호사도 인정해 주었는데, 못할 것도 없지 않겠는가.

잠시 후, 준희와 준희의 아빠 이형근이 돌아가고, 5시쯤 되
었을 때였다. 이범이 쭈뼛거리며 말을 꺼냈다.

"오늘은 제가 일이 있어서요. 좀 일찍 퇴근해도 될까요?"

고 변호사가 눈이 동그래지며 대답했다.

"아, 네. 그러세요."

이범이 먼저 퇴근하겠다는 말을 처음 했기 때문이다. 아이
들도 놀라 어리둥절한 눈빛으로 이범을 쳐다봤다. 고 변호사
가 일어나며 말했다.

"그럼 각자 정리하시고, 내일 아침 회의 시간에 뵙죠."

"네, 고생하셨습니다."

아이들도 일어나며 인사했다. 그리고 함께 회의실을 나왔는데, 한 대표가 이범을 기다리고 있었다.

"끝났어?"

"네, 수첩만 두고 올게요."

이범이 대답하고 자기 방으로 갔다가 바로 다시 나왔다. 그러고는 기다리고 있던 한 대표와 함께 나가는 것이 아닌가. 아이들은 딴청을 부리다가 이범과 한 대표가 나가자마자 하 사무장에게 물었다.

"두 분, 어디 가시는 거예요?"

권리아와 양미수가 동시에 묻자, 하 사무장이 머뭇거리며 대답했다.

"글쎄요, 저도 잘 모르겠네요."

그러면서 싱긋 웃는데, 아는 게 분명하다. 그런데 그때, 고 변호사가 끼어들어 말했다.

"가만! 그러고 보니 오늘이 대표님 아들의 기일 아닌가요?"

아들 기일이라니. 그럼 한 대표의 아들이 죽었다는 말인가. 아이들이 깜짝 놀라 하 사무장을 쳐다보자, 더 놀란 사람은 하 사무장이었다.

"그, 그걸 어떻게……?"

하 사무장이 너무 놀라자, 고 변호사도 당황해 어쩔 줄 몰라

하며 말했다.

"아니, 작년에 이맘때쯤이라고 한 것 같아서……. 혹시 비밀이었나요?"

고 변호사가 아이들을 둘러보며 묻자, 하 사무장이 망설이며 말했다.

"비밀은 아닌데……."

아이들은 궁금한 마음에 눈을 동그랗게 뜨고, 귀를 쫑긋 세웠다. 결국 하 사무장이 털어놓기 시작했다.

"맞아요, 오늘이 대표님 아들 지음이의 기일이에요."

"지음이? 아들의 이름이 지음이에요?"

유정의가 놀라 묻자, 권리아가 이어 물었다.

"법무 법인 지음의 그 지음이요?"

"네, 아드님 이름을 따서 지은 거예요."

"아!"

아이들은 그제야 깨달은 듯 입을 쩍 벌렸다. 유정의가 물었다.

"그런데 왜 대표님 아들의 기일에 이범 선배가 같이 가요?"

"대표님 아들이랑 이 변호사님이 친구였어요, 어렸을 때부터 아주 친한."

"아!"

아이들은 다시 또 합창하듯 입을 벌렸다. 그런데 양미수가 표정을 굳히며 물었다.

"그런데 대표님 아들은 어쩌다 그렇게 됐어요?"

하 사무장이 다시 머뭇거리며 대답했다.

"사고였어요……. 교통사고."

"교통사고요?"

아이들이 놀라 동시에 되물었다. 양미수는 생각했다.

'그럼 이 선배가 공황이 다시 온 게 병원에서 많이 다친 환자를 보고 교통사고로 사망한 친구가 떠올랐기 때문이었나?'

어렸을 때부터 친했던 친구가 교통사고로 죽었다면 그 충격이 엄청났을 테니, 그 충격으로 공황 장애가 생긴 게 아닐까? 그리고 말은 안 했어도 교통사고 사건을 맡으면서 그때의 기억이 다시 생각났을 것이다. 그런데 병원에 갔다가 피 흘리며 다친 사람을 본 순간, 공황 장애가 재발한 것이 아닐까 하는 생각이 들었다.

'선배, 어떡해…….'

양미수는 이범의 사연에 마음이 아팠다. 그리고 이범이 다시 걱정되기 시작했다.

고 변호사가 미안해하는 표정으로 말했다.

"제가 괜한 얘기를 꺼낸 것 같네요."

"아니에요. 언젠가는 변호사님들도 아시게 될 일인데요, 뭘."

하 사무장이 이어서 아이들에게 부탁했다.

"그래도 이 변호사님한테는 아는 척하지 말아 주세요."

아이들은 얼른 대답했다.

"네, 걱정 마세요."

그리고 다음 순간, 유정의는 깨달았다. 한 대표가 이범을 끔찍하게 아끼는 이유를.

'아들 친구여서 그랬구나!'

또 예전에 학교 다닐 때, 이범과 나눴던 말도 떠올랐다.

"선배는 왜 변호사가 됐어요?"

유정의의 질문에 이범은 잠시 망설이더니 말했었다.

"친구 때문에."

그때는 친구 때문에 변호사가 됐다는 이범의 말을 이해할 수 없었는데, 유정의는 이제야 깨달았다.

'그 친구가 바로 한 대표님의 아들, 한지음이었네!'

유정의는 한지음의 죽음이 이범이 변호사가 되기로 결심한 것과 관련이 있다는 확신이 들었다.

법무 법인 지읊,
그곳엔 아주 특별한 변호사들이 있다!

각종 사건 사고를 해결하며 진짜 변호사로 성장하는
변호사 어벤저스의 멋진 활약이 펼쳐진다.

어린이 법학 동화
변호사 어벤저스

글 고희정 ◆ 그림 최미란 ◆ 감수 신주영